我的平原

吳敏顯　著

蘭陽文學的喜事

黃春明

很高興，吳敏顯又出新書了。這對他對讀者當然是一件好事，對宜蘭籍的寫作朋友，是一種刺激和激勵，對我這即將老朽的作家，也是著實的一記鞭策。

任何一種工作做久了，自然熟能生巧，甚至於達到庖丁解牛的境地。然而記者這項工作，當到退休的資深老記者的話，在採訪報導豈止是寫得生動，分析得深刻，更難得的是，在他長期經歷的過程，他接觸過成千上萬的人、事、物；也就是我們一般所謂的世面。資深的記者一定比一般人所見的世面，都要來得寬廣，也深刻。他下筆，大的可觸及時代和社會，具體的可呈現生活的面貌，抽象的可以抓住精神的習慣，小的可以刻畫某人物的小故事。

我有幾個不能登大堂的窘態，就被他牢牢囚禁在這本集子裡。我不知要歡喜而謝他，或是？不過人家寫得很活，又無傷大雅，我要認什麼真，要我寫一篇序嘛，機會難得，一口就答應了。一個老記者的厲害就在於此。

再說，寫作這件事，它不是學問，作品也不是研究出來的。文學的創作與研究是兩碼事，要不然文學院的教授、博士生、碩士生，他們都成了作家了。創作是生活的經驗加上人生的歷練；這方面資深的記者比誰都豐富。他所有的經驗都變成寫作的材料，儲存在腦子裡的倉庫，不愁沒有題材可寫，尤其是走現實主義社會寫實的，不會為了所謂靈感苦惱，信手即可拈來。難怪世界上記者出身的作家為數不少，了不起的也有好幾個，像美國的海明威、哥倫比亞的馬奎斯都是諾貝爾文學獎的得獎者。

身為老記者的吳敏顯，他除了有鞏固的條件之外，他語言文字方面樸素易親；這就是老少咸宜，又因為有內涵，雅俗亦可共賞。當然，作為一個作家要持續不斷的寫，另方面讀者鼓勵也很重要。一般來說，如沒有廣大的讀者，作者安在。說到此，讓我想起尼采在《查拉圖斯特拉如是說》裡，一開始，查拉圖斯特拉一早下山看到遠處的旭日剛剛升起，他凝視尚不致傷眼的太陽說：偉大的星球，如果沒有你所照的人們，你的光榮何在？吳敏顯以目前的成績來看，已經頗有成就，但是只要我們多閱讀他的作品，他還有更多的好東西可以期待的。恭喜他新書的誕生。

為平原書寫（自序）

寫散文寫了大半輩子，比寫詩、寫小說、寫新聞稿的時間，都要長很多倍。

這三十幾篇散文，寫的幾乎全是我生活了一輩子的平原。我熟悉的人，熟悉的人情世故，熟悉的村莊，熟悉的風景，熟悉的道路溪河，熟悉的作物禽畜，熟悉的神明和妖魔鬼怪。

無論他們、祂們或牠們，不管活著的或已經逝去的，都曾經陪著我度過一段難忘的歲月。

因此，讀者可以把這本散文當作是一個平原的風物志。有朋友說，它似乎是一長卷的平原風情畫。事實上，我在書寫期間，眼前和心底浮現的，確實是交錯繽紛的活生生畫面。

我學過畫。受過構圖學、色彩學、透視學、解剖學等基礎訓練，以及一些繪畫理論和繪畫史的薰陶，只是當時年少懵懂又不認真，能吸收和記住的，應該不多。好在大半輩子喜歡東看西看，東想西想的，興許就這麼影響了我的寫作。

如果說，這一輩子我能留住些什麼？答案絕非填寫年表履歷般去條列那些學經歷和資格考，也不會是銀行帳戶裡剩下多少錢或積欠多少債務。它肯定是整個平原所留給我的這些身影和記憶。

能夠面對著出生後就熟悉的山川影像，聆聽著熟悉的海潮聲，到處遇到熟悉的人群樣貌和口音，在依山傍海之間這一大片平原生活了幾十年，然後大言不慚地面對著形似半片銀杏葉子的平野，聲稱這是我的平原，甚至把自己寫的書叫《我的平原》，這樣的人，恐怕不多。

不管是我認識的一些朋友，我的孩子或朋友的兒孫，有不少已經變成了世界公民，等同早年書上告訴我們的那種遊牧民族。他們必須逐水草而居，哪兒能過好生活，就往哪兒去，像候鳥那樣飛來飛去。

尤其年輕一輩的，恐怕都無法像我這麼開口宣示，要學樣，肯定心虛。

所以，我寫的這本書，固然是一本文學散文創作的合集，可你要說它是一個平原的風物志，一個平原的風情畫，都可以吧！

反正，我是很認真的為一個平原書寫。這應當沒什麼不可以。書裡大部分篇章，曾經在《中國時報》人間副刊、《自由時報》副刊及《聯合報》副刊發表，不管是否讀過，都歡迎你讀它。

感謝文壇前輩九歌出版公司發行人蔡文甫先生印行這本書，還有文學大師黃春明先生的推薦。這本書能精美的呈現在讀書諸君面前，則是九歌總編輯陳素芳及責任編輯施舜文小姐的辛苦成果。

吳敏顯 二〇一二年十月於宜蘭

目次

第二輯

第三輯

第四輯

第一輯

九芎城

老祖父的城

城池的模樣，在我這一代人的印象裡，已經相當模糊了。

我生活的都市裡，根據志書記載確實有個「九芎城」的名字，但城門、城磚、護城河，甚至連作為城牆環植的九芎樹和刺竹，都找不到了。

少年時代，從鄉下坐車進城讀初中，在車站與學校之間排路隊時，還可以沿著種有老柳樹、大葉山欖、蒲葵的護城河邊走一段，不管逆水順水，都有清澈的河水伴在一旁緩緩流淌，鯽魚和大肚魚只知道各自成群結隊的遊戲，並不怕人。

護城河只有一般水圳寬，石砌的兩岸每隔幾十公尺便設台階讓人親近水面，早上供婦女清洗蔬菜和衣服，傍晚則有傍河人家洗刷家具。

後來，護城河被城裡的人當作垃圾溝丟垃圾，女兒三歲時就懂得把苦得難以入口的整袋感冒藥，偷偷地丟進溝裡。再後來，整條護城河即被加蓋當作馬路行駛汽車。

西城門上那塊「兌安門」，和北門上那塊「坎興門」的石頭匾額，被人撿了鑲在老圖書館的外牆，後來還一度躺在文化中心陰暗潮濕的地下室裡。

當年老祖父由壯圍的土圍鄉下挑著舊棉被進城翻新，請棉被師傅添加新棉絮，打從新店過宜蘭河時，河上還沒有搭橋，他只能由渡頭搭乘人稱「臭腳和尚」所撐的木殼船過河，再從十六崁上岸走北門，如此應該從「坎興門」那塊石頭下走過。只是，不識字的老祖父，生前可能不一定記得城門上這幾個字。

曾祖父和老祖父那兩代，先前住過城郊北方的四結崁頂一帶，後來搬到抵美橋附近。然後離城更遠，到城東北已經可以聽到海濤聲的車路頭，開了一家小雜貨店。曾祖父不幸中了土匪流彈過世之後，祖父把家遷到土圍種田，附近曾有個土堤築牆圍成的小城，所以鄉人都稱是土城仔。

老祖父終其一生，沒有住過九芎城，反正修鐘的、補鍋的、

清朝留下的宜蘭城護城河，加蓋前幾乎像垃圾場

宜蘭城護城河未加蓋前，曾是孩童垂釣的好去處

收酒瓶和歹銅舊錫的、賣布的、買鴨毛的、向女人兜售胭脂花粉的、吹著短笛閹豬閹雞的，甚至彈著月琴扶老攜幼討飯的，都會定期從城裡下鄉，使很多鄉下人不必走很遠的路進城。

可是有些家具用品，像舊棉被翻新，添一件蓑衣，買一塊當天窗的玻璃，就得進城才行。其他田裡園裡所需農具，從打造鋤頭、鐮刀、鐵犁等，也必須進城，到現在叫武營街的打鐵仔街找打鐵師傅。

因此，從沒住過九芎城裡的祖父，和他那一代的鄉下農民，還是把這座城當作是自己的城。

我沒有見過老祖父的面，而老祖父的城對我也是相當遙遠，甚至距離越來越遙遠。在舊城與我住的都市之間，似乎臍帶已斷，且斷得近乎了無痕跡。

父親的地圖

每到一個陌生的城市旅行，我第一件想得到的東西是當地的地圖，尤其是市街圖。

到北京，我憑著旅遊書上的地圖，找到北京市委黨校教書的朋友，還獨自一人在深夜搭最後一班市區公車，從城西回到城東住宿的飯店；在澳洲墨爾本，也是以飯店簡介上的市街圖，和朋友搭乘南半球最古老的電車，大清早跑到火車總站和亞拉河畔散步。

有一年春節，縣史館的朋友送我一張年曆，年曆上的圖畫不是風景也不是美女，竟是一張以牛皮紙印刷的宜蘭市街圖。這張原為石版印刷的《宜蘭街案內》，係日本昭和九年（一九三四年）前後的街景。讓我這個晚它很多年才出生的宜蘭人，看來眼熟卻陌生。

這張七十幾年前的宜蘭老街地圖繪製之前，日本人就已經拆掉了九芎城。地圖上找不到幾個城門的註記，且在圓形的環城道路外側，已有郡役所、警察署、法院、公園、男女公學校、旅館、公會堂、商會等設置。更有一條南北向的鐵道，從舊城東邊劃過，「宜蘭驛」還特別以紅字套印。

市街圖附有列車時刻表，上行和下行各有七車次，分佈在早晨六點多和夜晚七點多之間。未標明起訖站名，也未註明列車種類，想必單純。

地圖上有幾個地方，我能認得出來，是因為現在還存在著。像台銀支店、專賣局、林屋眼鏡鐘表店、郵便局、宜蘭醫院、法院、宜蘭座等。宜蘭座即宜蘭戲院，它不演戲、不放電影的荒廢著已經很多年，孩童時期去看過一些像《宮本武藏》、《黃金孔雀城》之類的日本電影，便習慣跟著大人叫它宜蘭座，現在都還有老宜蘭人這麼叫它。

昭和九年父親十七歲，是家裡唯一讀書識字者。有一天，他從鄉下騎著腳踏車，穿過一望無際的甘蔗園和稻田，到宜蘭街的市場採買割稻加菜的魚肉，買東西的地方便是地圖上尚未被光復路貫穿，還連結成一個工字形的南北館市場。有個住在城裡的親戚擔任市場管理員，帶著

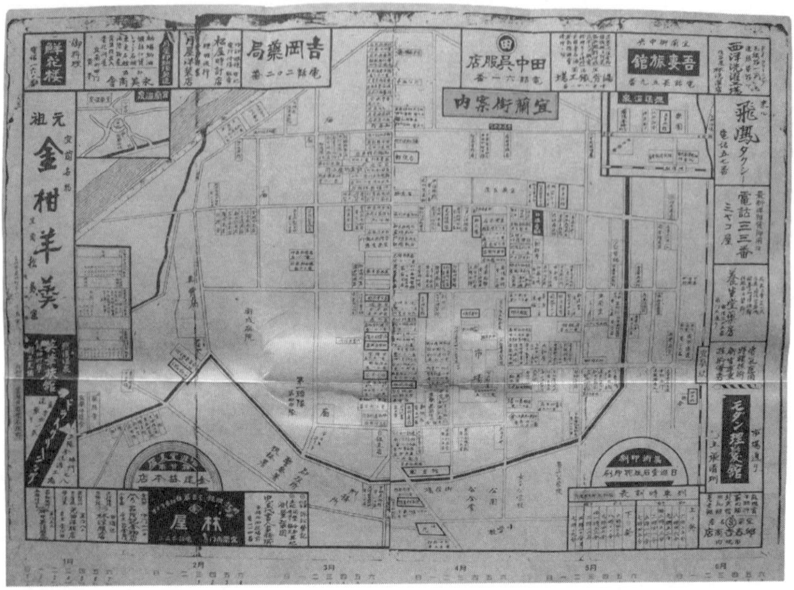

日據時期繪製的宜蘭街案內圖

父親一個攤子一個攤子去採買，因為管理員最清楚哪個攤子賣東西不欺生。

我想，這應當是屬於父親的地圖，他熟悉圖上的每一條街道及很多家店鋪。父親曾指著地圖上宜蘭座附近的「飛鳳車行」說，那是當時唯一出租載客的黑頭仔車行，搭一趟車到壯圍鄉下要兩塊錢，而田裡除草一天的工資才三、四毛錢，所以大多數的人都坐不起，不少有錢人家沒病沒恙的也少去坐，免得招惹鄰人閒話，說是不知儉省的「開傢伙仔囝」。

父親記得，首任民選縣長盧纘祥在當上縣長後曾經說，在早先未上任前，夜裡搭出租車回頭城，總是在離市街很遠的地方就讓車子停下來，然後再走一段路回家。

父親說，南館市場西南角落那家用紅字印刷的「渡嘉敷醫院」，在那些年代很有名氣，卻誰都怕被認出是這家醫院的患者，因為它是城裡一家專治花柳等「髒病」的醫院。

這張看來並不複雜的市街圖，在父親的記憶中卻有很多可以說的故事。這是一張屬於父親記憶裡的地圖，我把它送給父親，老人家很高興的看了又看，像是捧讀自己的回憶錄。

我和孩子們的都市

我出生不久，經常由母親抱著背著，跑到大瓦厝後的竹林裡躲美國飛機，那飛機從太平洋飛進平原的天空，一定先掠過大瓦厝，再朝西南深入宜蘭舊城市區丟炸彈。

鄉下不是美國飛機掃射或轟炸的目標，卻到處都聽說飛機回航為了省油和飛得快，避免被日本戰鬥機咬住尾巴，便一面往海面飛，一路把來不及在市區扔下的炸彈隨便丟，像鴨子一樣到處下蛋，弄得我們鄉下人非常緊張。只要聽到飛機聲就往竹林裡躲，到底竹圍林子擋不擋得了子彈和炸彈，可沒有人明白也沒有人想過。

我三歲的時候，父親到鄉公所上班，全家搬到一個比土圍較熱鬧一點的地方，離市區東邊只有三公里左右，村裡的人進出市區就頻繁多了。

鄉下人偶爾在溪裡罩住一條金閃閃的大魷魚，便會從線香袋上撕下一小片紅紙，貼在魷魚的鼻孔與額頭間，再用細麻繩繫在背鰭上，拎著走到市區把魚賣給城裡的有錢人。說也奇怪，那離水一兩個小時的大魷魚，只是不停的翕動著大嘴巴，到了城裡仍是生鮮活跳的。

結婚以前，我一直在這樣的鄉村長大，後來每天有汽車下鄉，大家到宜蘭市就不叫進城，而說是去「街仔」。大多數的鄉下人，無論老老少少都習慣用兩條腿走路，有的是捨不得花車票錢，有的認為一兩個小時才一班車，花在等車的時間早走到了，幾乎只有中學生或公務員才搭汽車或騎腳踏車。

成家以後，我搬了三次家都是繞著九芎城舊址外圍打轉。每一次總以為是在市郊，結果沒隔幾年就會被街道和商家所圍困。記得孩子讀小學的時候，還可以讓他們天天踩著路上的水窪子上學，放學可以走田埂捉泥鰍，那時住的可不是什麼荒郊野外，而是可以看到縣政府和市區樓房的地方。至於後來興建的文化中心，比起我住的地方，離當時的市區可得要加一倍以上的距離哩！

過去的宜蘭房子少，可說是地廣人稀，處處是一大片一大片的稻田或菜園，間或包夾著竹圍村落。市區房舍較密集，但也不見高樓，無論民宅商家的磚瓦房都沿著街道兩旁排隊，讓人一家家走過時饒富興味。

樓房少大家可以把視線放得遠，任何人在蘭陽大橋上不費力便可以望見壯圍鄉公所和鄉農會；還有人搭火車走了老遠，還可以看到自己鄉下所住的竹圍。

當時的宜蘭人能住二層樓房的，一定是有錢人。中山路上有一棟木樓梯的三層樓，前方正向著火車站，它幾乎成為很多人認路的地標，只要說離「三層樓」多遠，連一些鄉下人都知道個大概。

大家住的地方寬闊，心地似乎也能夠包容許多。想問路，只要說個地頭名字，甚至村莊名字，就可以有答案；找人時，不知名不知姓都沒什麼關係，只要能說出個綽號，甚至是誰家的親戚或孩子，或是家裡有人做什麼行業的，很快便能打聽到。路上走個人，是村裡人或是外地來的，一眼便會被認出。

現在，高樓一棟棟興建，感覺上大家頭靠頭、肩靠肩的擠在一塊兒，實際上人人都成了見面不相識的陌生人。很多老宜蘭人都覺得，宜蘭已經越來越不像宜蘭了。

我認識一個在北宜公路山上經營遊樂區的老闆，有一次看到他面對幾個跋扈的政府官員，生氣的說：「你以為宜蘭有多大？我在山頭搭了幾座瞭望台，從那兒看下去，宜蘭不過巴掌大，要不相信，就來看看。」

現在的宜蘭，比起從前，真的讓我弄不清楚究竟是大了，或是小了。

兵荒馬亂的童年

那年我五歲，穿了一雙嫌小的膠底布鞋走進村裡的小學，原因是鄰居比我大的玩伴都入學了，比我小的又玩不到一塊兒。老師先是不肯收我這個學生，一直跟媽媽說孩子太小會被欺侮，功課也會跟不上。

媽媽說我很聰明，已經能在地上寫好多國字。我也從口袋裡掏出被我寫成小圓餅乾的破瓦片，準備蹲下去寫字。老師說很好很好，就是不肯點頭收留我。這時有個學生過來報告，他拉完肚子回來了。老師問他有沒有擦屁股？我突然冒出一句，我也會擦屁股。老師只好笑著摸摸我的頭，同意讓我留下來。原來，老師怕我不會自己擦屁股。

其實上學的喜悅，很快被塞在鞋子裡的紅腫又疼痛的腳趾和腳後跟趕走。媽媽接我放學的時候，我把鞋子脫下來拎在手上。

我讀的小學有四間教室，校長、老師及風琴、皮球等佔掉一間，五、六年級各用一間，剩下的一間讓三、四年級分上下午使用。一、二年級的小朋友，先在教室走廊上課，但秋天開始常有風雨，二年級就搬到附近的賴姓瓦厝大廳，我們一年級則把村裡的古公廟當教室。

廟小空間有限，白天又沒電，光線端看室外陽光強弱，小孩子難免心浮氣躁，吱吱喳喳沒有一刻安靜。老師說我們像糞坑裡的蛆蟲，蠕動個不停。她鼓勵大家，要以神案上的神像為榜樣，坐姿端正、不吵不鬧。

有一天，老師出了幾道題目考大家，全班對答如流。最後她調查有誰知道自己家住在哪裡？結果全班都舉手，老師高興地稱讚大家都很聰明，每個人都是第一名。未料，那個坐後排已經十二歲的大個子竟然說，還是有人很笨呀！老師問，誰笨？他指著神案上的幾尊神像說，他們統統沒舉手。逗得全班笑呵呵！老師罵他調皮，拿起教鞭在課桌上敲了兩下，還是忍不住咧開嘴偷笑。

因道路拓寬被削掉三分之一的古公廟舊址，是我小學一年級的教室（此廟已在二〇一二年九月二十一日拆除）

到了冬天，日子就不平靜了！幾乎每隔三五天的大清早，就有一隊隊阿兵哥從宜蘭街的方向徒步行軍，經過我們村子朝著壯圍海邊移防。鄉下道路鮮少人車，突然出現那麼多人同時踩在石子路上，聲勢當然嚇人。連平日裡無拘無束在公路上閒逛拉屎的雞鴨貓狗豬，全被嚇得雞飛狗跳貓逃豬竄，不知該往哪兒躲。

村人習慣早起，只要遠遠看到軍隊過來，趕緊關上自家門窗。出門上學的小朋友若未走遠，也會被父母抓回來，一起躲在屋內由門縫朝外瞧。小孩子愛看槍砲，而每支隊伍末端的伙頭軍更讓大家看得津津有味。那些口徑大得嚇人的炒菜鍋，和圓鍬鋤頭一樣的鍋鏟，同樣令人驚奇。阿嬤就說，能煮那麼一鍋，保證全村人吃得翻肚子。

接著更嚇人的，是一輛接一輛的十輪大卡車。這些十輪仔，引擎聲特大，轟隆轟隆地像地震那樣輾過門口的道路，整排連棟的磚瓦屋都跟著顫抖。村人很快學會閃躲，看到十輪仔從遠處拖著滾滾灰塵過來，便趕緊讓路，跑到路旁的田埂等它駛過。曾經也有因為道路緊挨著水溝，一時情急只能往溝裡跳，結果變成濕漉漉的泥人。

有幾個黃昏，來了騎兵。這可讓習慣用竹竿夾在胯下當騎馬英雄的鄉下孩子，開了眼界。好奇心壯大了膽子，常一路尾隨追著喊：「馬耶！真的是馬耶！」除了白馬黑馬，還有體態像極了廟裡磁磚畫上「關公斬蔡陽」所騎的赤兔馬。

騎兵隊沒往海邊去，他們留在鄉公所中山堂的水泥地打地鋪。中山堂的窗玻璃缺了很多塊，冷風直朝屋裡灌，村長幫忙張羅一些稻草，讓那些騎兵鋪在軍毯下。馬匹則排著隊，綁在鄉公所的廣場。我們隔著圍牆，和那些馬兒說話，牠們卻一再用大鼻孔朝我們噴氣，同時露出潔白又整齊的牙齒向人炫耀。鄉公所的大人說，小朋友要天天刷牙，牙齒才會像牠們那麼漂亮。

說實在，我們分不出馬或驢，後來才聽說人騎的是馬，馱著砲管、彈藥和被服、糧草的是驢。

有一天我們放學回來，廣場和中山堂已恢復原先的空蕩蕩，剩下圍牆旮旯堆著許多比彈珠大些，比乒乓球小一點的褐色丸子，在空氣中散發著尿臊味。頑皮的孩子用腳踢來踢去，有大人罵了，才知道那是馬屎蛋和驢屎蛋。

快過年的時候，父親買了鄉公所對街那排房子中的一戶，全家從此不必再住著租來的房子，高高興興地準備選個吉日搬家。沒想到鄉長和一個大官模樣的人出面，說部隊的營長有家眷沒地方住，希望暫借我們新買的房子。就這樣由營長帶著才十八、九歲的太太，外加一個侍候她的小勤務兵，住進那間梁柱和牆壁都用檜木搭架榫接的房子。

小勤務兵十三歲，村裡老老小小都叫他囝仔兵。天一亮，囝仔兵會到井邊打水，然後拎出馬桶到水溝邊傾倒洗刷，接著洗一竹籃衣服。傍晚則抱出炭爐子到馬路邊生火，待濃煙淡去，再燒一鍋洗澡水。每天僅有營長太太午睡的時候，才能夠清閒地站在鄉公所廣場看我們遊戲。

營長很凶，每回挨長官或太太責罵，便用藤條在那個囝仔兵身上出氣。而那太太更厲害，她會用同一根藤條揍營長。通常囡仔兵一挨揍便哭哭啼啼叫爹喊娘，要等營長大吼一聲：「再哭就槍斃你！」才會止住哭聲；換了營長挨揍時，卻始終不敢吭氣。

大人們都說，那小女人的官階應當是團長。我們小孩子不懂事，會跑到她前面行軍禮，喊聲報告團長！她總是以笑臉回禮，外加一粒糖果或半個饅頭。

鄉下幾乎全是種田的文盲，大家關心的是田裡的收成，但求風調雨順少蟲少災。很少人去了解外界的局勢，更不用說改朝換代的事兒。每天傍晚開始送電亮燈時，父親會打開木架上的收音機，嘰哩咕嚕轉半天大多是日本電台，偶爾能夠聽到北京語的新聞廣播，說國軍某部已從某省轉進某市，或是從某市轉進到某地的消息，也知道一個叫「二二八事件」的一些後續情況。但大人彼此見面都不談論自己聽到過什麼，我們小孩子更無從知道。

村裡的五岔路口，很快用水泥和磚塊砌築一個圓桶形、開了幾個射口的碉堡。沿著宜蘭河堤防，也用鋼筋水泥建造更多更堅固的碉堡。警察要求一些竹圍人家，在竹叢下挖防空壕。到了夜間，時常有幾道探照燈的光柱，不斷橫跨天空掃過來掃過去。這些都讓我們小小心靈，感受到說不出的詭異。

考進初中時，國文老師出了一道作文題目〈我的童年〉，我寫說自己有個兵荒馬亂的童年。老師找我問話：「我也是壯圍鄉下人，和你爸爸是老朋友，你哪來兵荒馬亂的童年？」

我只好照實描述一九四九年五歲時的見聞，老師才相信那作文是我自己寫的。其實，那個被我認為是兵荒馬亂的童年，應該能夠學到更多，可惜無法聽懂那些阿兵哥的南腔北調，倒學會了「槍斃你！」以及一些罵人的髒話。

閃亮的星星

村裡有個五岔路口，在車輛極少的年代，構成一塊不小的廣場。廣場地處要衝，其他村莊的人有事要到鄉公所，或是上宜蘭市街，都要經過這裡。

連秋冬時節颳起大風，幾條路面上的砂石，都會在這個寬闊的地帶，滾過來掃過去，咯咯喇喇地發出聲響，還會打在每戶人家的門板上。聽起來像一大群頑童，正在嬉鬧。

橫跨道路上空架設的電線，都是沒有膠皮包裹的紅銅線，新換上時閃著金亮，好像可以看到電波就在上面飛快地奔馳。隔一些日子，電線變得烏黑黑的，看來不像是有電在跑來跑去，也就沒那麼可怕了。不過，當它們被風吹得有如尖銳的高音琴弦，到深夜裡往往聽得人汗毛直豎。

農閒又逢晴朗暖和的日子，五岔路口的景致便大不相同。

賣膏藥的、補鍋的、修傘的、賣爆米花的、耍猴戲的、割蛇膽的、幫人家洗眼睛或拔牙齒的、賣花布的，個個彷彿事先說好似的，緊挨著從市街下鄉來擺攤。

多數的攤子，吃過中飯就擺開。只有精明一點的生意人，知道鄉下人白天多少有些農事要忙，才懂得在住家煙囪冒炊煙，甚至等到太陽下山的時刻，開始打鑼吆喝，就近從人家住屋裡拉出電燈，或直接點燃幾盞電石火，把生意做到晚上八、九點。

這樣的規矩行了很多年，只看到一組人例外。

這個三人組，專挑星期天的上午到村莊來。他們的穿著扮相，很像我們小學裡的校長和主任。其中最特別的是個「督鼻仔」，高挺的鼻梁上架著眼鏡，瘦削的臉頰和下巴還蓄滿鬍鬚。另外兩個戴著紳士帽的男子，則是黑眼珠黃皮膚的同胞。

那個督鼻仔，據說有點像高年級課本裡的美國總統林肯，所有圍觀的孩子便這麼喊他。督鼻仔一聽到小朋友喊他林肯總統，他立刻很高興地豎起大拇指。

三個傳教士都說台灣話，從宜蘭市區騎孔明車下鄉，主要是教大家用台灣話唱〈來信耶穌〉，一支旋律非常簡單的兒歌。

林肯胸前掛著一台有著摺疊風箱的手風琴，兩個戴紳士帽的傳教士教唱歌曲時，由他負責伴奏。這種聚會清一色是孩童，大家圍成圈圈，當中誰開口唱得最大聲，他們便從夾在腋下的皮包裡，抽出一張色彩斑斕還閃爍著點點亮光的卡片，作為獎品。

這些卡片真是漂亮，大家公認比課本裡的圖畫，美麗千萬倍。卡片的畫面，通常會有幾隻馴鹿拉著雪橇，雪橇上坐著穿大紅衣服，白眉毛、白鬍子、紅鼻頭的聖誕老公公。也有的是深藍色的天空裡亮著點點星光，映照著雪白的山脈、雪白的樹林和同樣積著白雪的農莊。

當然會有畫面比較簡單，只是繪著彩帶綁著花朵、樹葉，和一串彷彿搖晃不停的小鈴鐺。或是穿著白紗裙的洋娃娃，雙手合十地盯著滿天閃亮的星星。

不知道那些紅的、白的、紫的、金色和銀色的星星，是怎麼印上去的，竟然一粒粒宛若砂粒一般。稍微用點力擦拭，還會沾到指頭上，大家猜它是用漿糊貼上去的。

後來聽級任老師說，那是外國人的耶誕卡，等於我們的賀年卡。老師還說，外國人的年和我們的年不一樣，他們過得比較早，也不像我們可以接連過好幾天。

在這麼漂亮的卡片誘惑下，童伴們仍然不太敢張嘴大聲唱〈來信耶穌〉。因為村裡的大人都說，信教的人不拿香，信了教之後一旦死掉就沒人燒香拜拜，也沒有人哭喪。如果跟著林肯這一夥人唱歌信教，萬一將來死了，連爸爸媽媽兄弟姊妹都不拜都不哭，那有多悽慘啊！

當然，還是有年紀比較小的孩子，會開口咿呀幾句領賞。而且既然有人開始唱，圍在外圈的，只要跟著張張嘴做做樣子，很容易可以分到一張卡片。

我得到的卡片，正是繪著一幅雪景的那一種，看來像是夜空下的雪景，藍黑色的天空裡，閃亮著無數的晶燦星朵。很多童伴想摸摸那立體的星星，我怕星星被抹掉，只准大家隔著一些距離欣賞。

在卡片的內頁，還有一串寫得像葡萄藤，又像是乩童畫符的文字，我不知道那是不是林肯寫的。這些讓我們全家人，甚至連級任老師都看不懂的文字，使整張卡片更添幾分神秘感。

我每天睡覺前看它一眼，往往就會夢見那藤蔓有如擺盪不停的鞦韆，飄蕩在閃亮的群星間，夢見自己手裡拿著孫悟空的如意棒，坐在那鞦韆上遨遊四海。

幾年後，上宜蘭街讀中學時，村莊裡蓋了教堂。教堂前有一座小花園，從圍牆的鐵欄杆門外，可以看到陽光那個愛打瞌睡的老人家，天天席地坐在花園的牆角。經常有一群小麻雀，會從附近住戶的竹圍，飛到花園裡吱吱喳喳的竄過來竄過去。

有一年聽父親說，教堂的花園裡種有黑色玫瑰。我本想找傳教士探個究竟，卻又聽村人指證歷歷的說，當時的傳教士正幫著一個在鄰村開賭場的士紳拉票競選縣議員，便再也不到那教堂。

幾十年過去，村莊裡的五岔路口依舊，卻已經成為車水馬龍大家穿過來閃過去的地帶。更可惜的是，那閃亮著星光，勾引著我做好多好多美夢的卡片，早已不知道失落何方。

碘酒味的牛卵核

小時候住的鄉下耕牛多，成熟的公牛若不閹割，兩隻公牛狹路相逢，必定勾著頭用那對尖銳的角相互牴撞，不顧死活地狂奔追逐，演出全武行。

鄉公所的獸醫，負責全鄉公牛閹割去勢。農家接到通知時，都會把家裡的公牛牽到鄉公所廣場，各自保持著安全距離等待手術。廣場上一棵主幹長出丫叉的老榕樹，分岔點離地一公尺多，正好把準備閹割的牛隻頭部架在那兒，再分別用繩索綁住雙角，使牛頭動彈不得。大人和小孩站在牛屁股後方，圍成個扇形看熱鬧。看著被綁住的牛隻，不安地跺腳，不停地甩著牛尾巴趕蒼蠅。

那個平常最喜歡撈男生褲襠的獸醫，很快地穿上橡膠雨鞋，拎著一大一小的鐵皮水桶穿過人群。大水桶空著，小水桶盛著半桶深褐色的嗆鼻液體。

好奇圍觀的小朋友如果站得太近，或是爭吵，那獸醫便作勢要掏出手術刀的喊著：「誰不乖，我先把他閹了！」大家立即噤聲，乖乖地後退幾步，等著好戲上場。

這時飼主會用繩子把牛尾巴繫住，往牛頭方向朝上拎過去，讓那牛露出整個屁股。獸醫放下空桶，只提著盛碘酒的小水桶靠近牛屁股，從桶裡拿出一端綁著布團且沾滿碘酒的竹枝，朝著夾在牛屁股的大陰囊塗抹一通，隨即掏出手術刀在碘酒裡涮涮，劃開那滴著黃褐色藥液的部位。

如果這一刀劃得夠長，頓時就可以看到佈滿血絲的白色卵核從陰囊蹦出來。牛隻也因疼痛而開始掙扎，以被固定的頭部為圓心，蹦起後腿朝左右閃躲。獸醫必須弓著腰身，緊跟著牛屁股快速移動，才能繼續做完閹割手術，摘下那兩顆大卵核。

看到牛隻和那獸醫，一忽兒向左，又一忽兒向右，有節奏的蹦跳，圍觀的大人和小孩都會高興的哈哈大笑，甚至興奮地喊著：「獸醫和牛公開始跳浪速囉！」跳浪速是日語跳舞的意思。

一個上午下來，大水桶裡裝滿了比芒果還大的牛卵核。鄉下農夫不吃牛肉，更別說牛的那個，於是這些大卵核就成了鄉公所部分員工的補品。直接拎到廣場對面的小吃店炒薑絲、炒麻油和酒，大家吃得喜孜孜。

看到我們這些小孩子好奇的扒著小吃店的窗口朝裡瞧，便陸續夾幾片朝我們嘴裡塞。說是吃了很快會「轉大人」，比紅面番鴨有氣力。說實在，牛卵核的質地比我愛吃的雞肝、鴨腦髓還細嫩，口感很棒，可惜每一口都羼雜濃烈的碘酒味。

大人們卻用台語夾雜著日語安慰我們：「這種有點味道的『優酪真氣』，可以殺死很多『歹菌』，很衛生，吃下去不要緊！」

背著書包去上學

1

常聽老一輩的人說，想讓自己永保青春，不妨選個學校旁邊定居，要不然到學校當個老師也不錯。

二十幾年來，我住在宜蘭一所高中附近。半個世紀前，這所學校分設高中部和初中部，我是初中部畢業生，後來改制為高中，我去教過兩年書。

這些年，無論出門或回家，經常遇到學生上學或放學。老朋友老同學都說：「真好，天天都可以回到那個背著書包去上學的年代，回到那個無憂無慮的年輕歲月！」

可我心底感受到的，卻不是自己能夠重新拾回多少年輕的影像，反而會以五味雜陳的心境，去看待一幕幕幾乎全部被改編改寫過的場景。單就背著書包去上學這個畫面，我就很難找回自己的過去。

尤其看到那些個子比成年人高大的學生，由瘦弱的父母或年老的祖父母騎機車接送時，每一雙緊緊握住機車龍頭的手臂，無不青筋浮凸。機車顫抖抖地行進之際，他們還必須將雙腳分往左右兩側撐開，讓腳掌貼近路面，隨時準備著地撐住歪歪斜斜的前行機車。這樣的上學放學情景，任何人看在眼裡，都有說不出的心酸。

其他由父母開車接送，或搭客運專車直接駛進校園的，也不在少數。大概只有剩下部分自己踩著腳踏車通學或步行到校的，才真正能勾勒出我存放了幾十年的記憶。

我上初中那個年代，中學設得少，和我一樣住在荒郊野外的孩子，必須搭火車或公路局客運班車到市區上學。當年我家住在離宜蘭市區好幾公里外的壯圍鄉公所前面，每天清早有兩班客運車從宜蘭車站下鄉，經過鄉公所再伸入海邊的廍后村和永鎮村。然後分別調頭，一個招呼站一個招呼站的停下車，讓背著書包的中學生上車。

等兩輛車回頭駛過鄉公所這一站，車廂裡早已被沿途上車的學生擠得黑壓壓的，「客滿」牌子始終插在車窗的同一個角落。任何人想上車，帶頭的便拚命往裡擠，跟在後面的則使勁地往裡推，連路人和附近的學生家長都跑來充當推手。

循例廍后線的回頭車會先抵達，如果車上已經擠得水洩不通，司機心底盤算隨後還有永鎮來車，便會抬起手臂往後方比個兩三下，示意大家等候下一班車，即過站不停。

2

誰也沒想到，仙人打鼓有時錯。那永鎮的班車偶爾會搶先一步到，擠不上的必須等廍后來車。這個時候，如果廍后班車的司機仍照往常看待，邊把手臂往後比劃兩下，邊忙著重踩油門呼嘯而過，我們這些候車的孩子只能跳腳揮拳，對著車屁股那股油煙叫囂一番。

其實，也不能全怪廍后班車的司機有那樣的奸巧。因為車輛老舊，一旦停靠站牌非常容易熄火。

要知道，那個年代行駛在鄉下石子路的客運車，說好聽號稱自動車，卻清一色是早該報廢的超齡巴士，據說有的還是日本人手上留下來的骨董車。

行駛我們鄉下那兩班車，其中一輛總是且走且咳嗽喘氣，村裡的大人小孩都叫它是「瞎龜仔」；而爆胎好幾次那輛，有人叫它「敗輪仔」，公認是一匹「漏屎馬」。不管瞎龜仔、漏屎馬或其他臨時調派來的車輛，都有共同的毛病——冬天寒風冷雨鑽進來，它關不攏車窗；夏天熱得像炭爐，偏又打不開。車體鏽蝕程度，已使車廂和底盤焊接處出現裂縫，乘客低下頭便清楚瞧見路面石子的粗細。而這些都只能算筋骨痠痛或裂傷的小毛病，並沒有傷及五臟六腑，真正棘手的，還是車子一停往往自動熄火。

這樣的車況，能教哪個司機不想奸巧？當然誰都巴不得能少停一站是一站，能不停車而一路開到底，更是功德圓滿。

早年公路局客運班車的車掌，皆屬年輕力壯的男士。車輛一旦熄火，男車掌會拎個鐵皮水桶，就近向住戶要一桶水，小心翼翼地朝著沸騰的水箱裡灌。再持一根ㄅ字形的鐵桿，插進車前方的引擎室猛地一陣旋轉，甚至一而再再而三的搖個十來圈，等引擎噗噗噗地連咳幾聲，清掉濃痰似的，才肯重新運轉。

萬一什麼方法都使盡，車子仍舊文風不動，那麼除了司機，大家必須統統下來推車，讓車子喀咚喀咚趔趄地小跑幾步路，去帶動引擎運轉。

不管任何原因造成無車可搭，在鄉公所招呼站候車的學生們，只能改由家長分別騎腳踏車載著走五公里路，去趕第二節課。

後來村人慢慢學聰明了，不管哪班車先來哪班車後到，肯定會有個阿嬤或阿公站到路中央，威風凜凜的把一根竹竿橫在胸口，那架勢像養鴨人家攔阻逃竄的鴨群，果然有效的堵住班車去路，讓孩子擠上它。

依我猜，往後幾十年各地中小學校上學放學時刻，校門口會出現愛心媽媽持根木棍攔路堵車，說不定就從我們鄉下學去的。

我們村莊鄉野空曠，順著石子路面朝東望去，不難看到駛來的汽車拖著滾滾灰塵，宛如一隻松鼠拖著毛茸茸的尾巴。我和鄰居小孩，照例可以端著飯碗，站在準備堵車的老人家背後，夾菜扒飯往嘴裡送。直到天邊那條松鼠尾巴由遠而近，才不慌不忙地擱下飯碗，背上書包去擠車。

可有時候，怎麼擠也擠不上車，變通的辦法是先把書包從車窗送進去，整個人再由家長奮力扛舉的爬進車窗，這番衝鋒陷陣的肉搏戰，每回都弄得整個車廂哀聲四起。

迄今事隔幾十年，往往還會夢到自己好不容易擠上汽車，卻發現腳下只剩一隻鞋，另一隻怎麼找也找不到；要不然就是一雙鞋子好端端穿在腳上，書包卻被擠出車外。至於夢見自己睡過頭，不得不忙亂慌張地趕車，更是常有的事。有時候是車子已經駛了一段路，才發現自己腳下竟然還趿著家裡的木屐。還有更慘的情況，是根本來不及套上衣服褲子，只能左手拎著衣褲鞋襪，右手抱緊書包，渾身僅剩內衣褲，即大吼大叫的朝前狂奔，結果車子沒追上，反而教汽車屁股排氣管噴出來的油煙，噴得像個非洲的黑人。

3

從我讀小學開始，鄉公所和學校的圍牆都漆上藍底白字的標語，最早噴著「保密防諜，人人有責」。等我考上中學，鄉公所圍牆的標語已經換成「消滅共匪，收復失土」。標語字一個一個的由右至左排列，每個字的高度超過一公尺，撐住牆腳，頂住牆頭。

招呼站的站牌正巧豎立在共匪兩個字前面。在車上已經擠了一段時間的學生，受不了我們這種推擠和攀爬車窗強行進入的蠻橫行徑，唉唉叫之餘，嘴裡還忿忿地大聲嚷著「共匪來了，共匪來了！」

這樣的喧囂騷動，通常要等到駛進宜蘭市區下車時，大家才能輕鬆地喘一口大氣，再乖乖地從宜蘭車站排路隊走到學校。二十分鐘的徒步行程，路隊盡挑著店家少人少的路走，僅僅讓我們沿著宜蘭舊城的護城河邊，裁切城南一個小角落。

小小的宜蘭舊城街區，在鄉下孩子的小小腦袋瓜裡，卻無異是一座大大的迷宮。彷彿口袋裡揣著的一張藏寶圖，隨時等待我們按圖索驥。

我們這些鄉下孩子看慣了雞鴨狗豬蟲蛇飛鳥成群戲耍，卻很少見識過大大小小的房子照樣頭碰頭肩並肩的擠來擠去。於是常利用星期六中午放學，把腦袋瓜裡那張畫著密密麻麻線條和符號的藏寶圖攤開，找尋每天擦身而過的縱橫街巷，探看都市和鄉野究竟有什麼不同的地方。

似乎每一次都有驚奇的發現——竟然有一條街，家家戶戶全開著打鐵店，任何人走在路上，耳畔總會迴盪著叮叮噹噹的響聲，大家稱它打鐵仔街；還有一條街叫康樂路，開得最興旺的卻是布店和賣桌椅板凳的家具店。而舊城裡的城隍爺，不但把太太和女兒帶到任所，為城隍夫人設臥房，臥房裡擺著八腳眠床，床上疊有艷麗的紅緞被子和繡花枕頭。

另外，文昌路上有一間廟，分隔有兩個正殿，各自由文昌帝君和關聖帝君坐鎮當家，你騎你的泥塑麒麟，我騎我的銅鑄赤兔馬。媽祖宮則是大家最常去的地方，因為廟前那個出租連環畫的攤子，只要出錢租下《水滸傳》、《封神演義》或《西遊記》的人不反對，其他人便可以坐在台階上圍觀分享。

街上幾家戲院，不管演什麼戲，臨散場前的十幾分鐘，一定敞開大門，歡迎大人小孩進去看免料的戲尾。年輕孩子好奇心重，耳朵又尖，當然聽說過靠舊城東北隅，有一條小巷子叫紅毛土路仔。嘻嘻，那是一些不正經的男人，偷偷摸摸進出的地方……

於今回想，通學那些年擠車的經驗，走路逛街巷的諸多見聞，無一不是我人生歷程中難得的生活體驗。當年所觀察觸及的社會脈動和人間風情，也全是學校或書本所無法滿足我的。

現代的年輕孩子，每天從自家那個小籠子，才走出幾步路，馬上換到一個裝了輪子卻小得像個瓶罐的籠子。等它移動幾公里、十幾公里後駛進校園，所有的人恰似從搖晃的瓶罐裡冒出來的一串串泡沫，踉踉蹌蹌地湧入一個範圍較大的籠子。這種背著書包上學去的記憶，顯然比我這一輩的人少掉許多樂趣。

不過，每個世代有每個世代不同的面相，這個世界不單是改變了很多，持續還會不停的做更快速的變化，很多事物已遠遠超過任何人的想像。

據說，拓展中的雲端科技，真的能夠讓現代的秀才不出門，不用日曬雨淋吹風受寒，就知曉天下事。或許到某一天，所有的孩子都不用背著書包去上學，因為人類社會恐怕不再開設學校，不再有書本和書包這些累贅的生活用品了。

打從童稚期開始，無論遊戲、學習、考試、研究、發明，或是戀愛、工作、開會、疾病診察、金錢交易，只需要伸出手指輕輕撫觸一片油亮光滑的觸控面板就夠了。

到那時候，當然不會再有人告訴你我說，家住學校附近可以回到年輕歲月，可以永保青春這樣的話了。

小腳外婆的家

1

小腳外婆的家，在靠海邊不遠的一大片稻田之間。

屋後有條長長的小路，連接公路。小路寬度在早年僅夠拉穀子繳稅租的手拉車走，經過幾十年，竟只寬一些些。汽車通行時，行人、腳踏車要相會，得先找個田埂岔道閃身。村人說，路邊田地都是各家祖宗留下的，誰敢割讓？

小腳外婆家的村子，路小房舍小，只有天空特別大。好像整個宜蘭平原的天空和整個太平洋的天空，都被攬了過來，用條細細長長的風箏棉繩，拴在屋角上。

天空大，使很多人家想到養鴿子。似乎也使鴿子飛起來兜起來容易累，時不時的停在青苔屋瓦上撿草籽兒吃。再不然，乾脆下了曬穀場的泥地上遛達。

只走路的鴿子越養越肥，孩子用手揮趕，牠反倒停下腳步轉著眼珠子張望，心想莫非撒下什麼好吃東西。必須追著逼近牠，才會不慌不忙的拍幾下翅膀，另挑個角落歇腳。

屋前那片叫做「新社段」的水稻田，讓小腳外婆家的村人吃盡苦頭。媽媽說，她小時候和舅舅踩龍骨水車汲水灌田，要像老鼠搬家，先灌滿一區田，再從那田裡汲一部分到另一區田，經常要日夜踩個不停。有一回，掛在水車橫槓上邊踩邊打瞌睡，一頭栽下田裡，變成一個泥人。

四十多年前的一次農地重劃，村人以為好日子到了。答案是，田裡要水的時候必定乾旱，秧苗長到要曬田的日子，必定汪汪漫漫。村人不知道找誰訴苦，向水利會、縣政府說了十幾年，彷彿是竹籬笆下的雞啼狗叫，沒有哪個官員覺得稀奇。

有一年夏天，從古亭笨往車路頭的路上，看到一對夫妻帶著學童模樣的子女，由路邊小溝裡，用臉盆、水桶，舀水過田埂去滋潤龜裂的田地。現在，大家不這麼做了，連舅舅也把水田租出去供人家挖池塘養蝦。

官員說，把稻田挖成魚池是違法的。村人說，只有違法才能過日子呀！

每天，太陽認真的照著大地，站在外婆家的曬穀場上朝田野望去，幾乎難得看見什麼人影，倒是一些養蝦池裡打氧氣機的槳葉，不停的攪出白色浪花。好像到處都有個小丑，露個頭站在蝦池裡，揮動雙手去滾弄著兩根棉花糖棒子。

如果仔細聽，還可以聽到一公里外的太平洋，正不停的呼呼喝喝吟唱著。

空氣中，早晚都帶有一絲鹹鹹的滋味，輕輕的抹在鼻孔和嘴唇上。

2

九十二歲以前的小腳外婆，還村前村後的走，幫人抓青草絞汁治病。差不多全村子的人都認得她，而外婆的記性特別好，很多人和很多事隔了很多年，她照舊記得清清楚楚。聽力和視力，在她八十幾歲時還能好得讓人驚訝。

小腳外婆一輩子都是穿著自己縫製的弓鞋，一年最少縫兩雙。那是很需要一番本事的，光是鞋底就要用一層竹筍殼和二十二層棉布，一針針密密麻麻的縫牢。鞋跟的木頭，多少年來都是木匠舅舅送給她的母親節禮物，那鞋跟是舅舅自己選最好木材刻製的。

外婆九十歲那年生日，兒孫們買來一個十幾層大蛋糕擺在大廳裡。蛋糕比門楣還高，店裡的工人分層送進大廳裡，再一層層重新疊架起來。瓦厝沒設天花板，這時顯露出優點，不然還真傷腦筋。蛋糕架好，老人家坐在老藤椅上，她兒子和媳婦、女兒和女婿、孫子和孫媳婦、孫女和孫女婿、曾孫和曾孫媳婦、曾孫女和曾孫女婿、玄孫以及其他晚輩親戚，黑壓壓的一群人，都想圍著看小腳外婆切蛋糕。

小小正廳實在擠不下，有的便在曬穀場上朝裡探頭唱生日快

外婆做的弓鞋

樂歌。吃蛋糕時，由屋裡往外做接力賽，大廳裡的人蛋糕還沒到嘴，外頭的小蘿蔔頭已高舉著吃光蛋糕的空碟子，爭先恐後嚷著「還要！還要！」

村莊裡，上了五、六十歲的女人，夏天可以和男人一樣光著上身乘涼。各自拎個小板凳，或抬張長條椅，在屋後竹蔭下修補魚網或衣衫，也有從工廠帶回一點小零件做的。不動針線、不做工的時候，便手持一柄八角竹扇，東家長西家短的搖著，趕蒼蠅兼搧涼。

外婆編竹扇的技巧，堪稱全村一流。從劈竹篾到削整，每片竹篾修磨得一般寬窄、一般厚薄，用尺量的、用機器做的，也不過如此。編製時，外婆還會巧妙的把色澤偏青綠的竹篾，安排成格子圖案，有些鋪陳如花朵，有些則似小貓小狗。

扇子是夏天用的，小腳外婆這項手工業通常是跟著春天一塊兒結束。然後兩個兒子家、兩個女兒家，該各分幾把，外婆會像有錢富婆送出金銀財寶，分得大家都很高興。

後來，小腳外婆說她老了，不再做竹扇送兒孫，便改行做了職業趕雞人。每天，手上拿著一根樹枝兒當枴杖，坐在大廳門口，一面曬太陽，一面揮趕在門口拉屎的雞鴨。有哪個曾孫或玄孫小子膽敢在她跟前吵架，那根枴杖兼趕雞棍又成了家法。

很想請外婆再為我編一把八角竹扇，因為無論春夏秋冬，我彷彿都會覺得有一把竹扇在面前緩緩的揮動，蕩漾著一陣陣綠意清香，甚至夾帶有痱子粉的味道。

但自從外婆生過一場病以後，視力、聽力、行動都差了很多，似乎是真的老了，我就不敢

小腳外婆自己縫弓鞋

開口。

外婆的聽力不好以後，跟她說話的人也少了。每天她坐在那張老藤椅上，睜著眼睛看別人不斷張嘴說話，看累了就低著頭打盹。

3

小腳外婆家有兩個舅舅，一大群表兄弟。他們不頂識字，卻懂得很多東西。

大舅是種田的農夫，也是泥水匠和木匠，年輕時蓋過許多房子，宜蘭不少廟宇都留下他的手藝。那種不用鋼筋，只用紅磚瓦、水泥、木材、螞蝗鉤釘等搭砌的房舍，大舅蓋得又快又好。

三舅打過魚，也當過大舅的幫手，最主要還是種一點田地。近幾年有兩個兒子開電器行，他又當了兒子的助手。

大舅七十歲以後，偶爾還在家裡幫別人做檜木桌椅或紗窗。但大多時間是蹲在屋簷下的台階上，慢吞吞的抽著紙菸，要不然就到海邊釣魚，或是到鄰家的木床板上賭四色牌，輸贏一點香菸錢。

家裡有個木匠、泥水匠，真是不錯！早年，小腳外婆家算是那一帶最體面的房子，直過了很多年以後才輸給別人。

做桌子、長條椅、碗櫥，固然是木匠舅舅的本行，用一節竹筒子，蒙上蛇皮、點上松脂，也能做成一把胡琴；拿整塊木頭刻個大陀螺，或雕成一艘隔艙船，都是木匠舅舅拿手的手藝。

兩個舅舅都有很多孩子，卻只有屋前一點田地。

有些田用來加蓋房子住人，另一些在有人養鰻魚賺大錢的年頭，跟著砌成鰻魚池，卻畢竟慢了別人一步，沒有趕上那「三日好光景」。買進最貴的飼料，只養出價格最便宜的鰻魚。

發財哪！天注定的啦！不僅舅舅這麼說，幾乎全村的人都這麼說。

從此兩個舅舅和他們的兒孫，便不再跟人家養這養那的。有幾年，風行飼養金寶螺、蚯蚓，固然沒跟著去賠錢，這些年也沒跟人家養蝦的一起賺大錢。三舅把田地租給別人用挖土機掘成養蝦池，才沾一點點油水。每天看到村前村後那打氧氣的槳葉子劈劈啪啪的轉個不停，看來總算不很刺眼。

木匠舅舅攝護腺肥大後，經常會想尿尿，蹲在人家床板上賭四色牌諸多不便，而在廣闊的沙灘上釣魚，倒是最合適的消遣。

我拜託醫生朋友為木匠舅舅切除攝護腺，意外發現他膀胱裡長癌。這件事大家瞞著他，他也只是奇怪別人手術後不用再定期去灌藥，幹嘛就他一人那麼麻煩，每次還要花好幾百塊錢。

醫院裡同樣患者不多，醫生朋友為了木匠舅舅，一口氣請購了十次份量的藥，要舅舅定期回診。

舅舅出院後，大家好說歹說把他勸去灌了一趟藥，然後說什麼也不肯再去。他說，去了要花錢，他不能把棺材本這麼花光。

弄得我每回遇到那醫生朋友，都心覺虧欠。可是，我又無法跟一個七十幾歲老人，說明他得定期灌藥的原因。

4

小腳外婆家的表兄弟多，他們的行業也五花八門。木匠舅舅的兒子，會做木匠也會泥水，還會抓斑鳩、養鴿子；三舅那邊的，則打魚、抓蛇、種田、賣電器、修音響都有。

親戚們遇有搬家，加蓋廚廁，砌圍牆花台的，一聲吆喝，他們便像一支工兵特遣隊。幾乎個個都是有力氣的人，個個都可以用大碗吃飯，大碗喝酒喝茶的那一種人。

小時候，曾跟著兩個大表哥到人家的沙地花生園裡張網抓野斑鳩。那種印象，歷久難忘。

那時兩個表哥各騎一輛腳踏車，肩上都扛著用竹竿捲好的鳥網，我勾著頭躲那鳥網，坐在車龍頭後的一根圓鐵管梁架上。腳踏車在坑坑窪窪的石子路面滾輾，滋味實在難受，屁股和兩條腿很快就痠麻，何況還得勾頭歪脖子的，把眼珠子看歪一邊。

難過，卻又動彈不得，因為表哥一手扶著肩上的鳥網捲子，一手掌握龍頭，稍有差錯，可能會連車帶人滾下路邊的水圳或田裡。

到了花生園裡，他們各鋪一面大網在剛採收不久的沙地上，就像攤開一本大書，只是兩面書頁分了家，當中留一路略大於一面網子寬度的空隙。表哥在那空隙地帶，用繩子繫著一隻斑鳩當「鳥媒」，然後我們放長拉繩，坐在遠遠一端守候，那是個臨時用稻草屏搭成的隱蔽處。

如果等一陣子沒鳥群出現，便有一人四處去尋覓鳥蹤，斑鳩和鴿子一樣喜歡成群結伴，一發現牠們就丟泥塊攆牠們飛上天空，斑鳩在空中可以看得很遠。我們在幾百公尺外把「鳥媒」逗弄得不時搧動翅膀，牠們就能瞧見。

當一群斑鳩被吸引落地，彳亍在兩大書頁之間，伴著鳥媒撿食花生時，隱身稻草屏後的我們，立刻將坐著的身體往後一躺，手上拉繩自然抽緊，兩面大書頁迅即翻轉合攏，斑鳩即被那兩張大網給罩住，再猛拍翅膀也不管用了。

一個下午總共網到五隻，並不是好成績。不過其中有三隻的頸脖上繞著一圈白羽毛。小腳外婆說，這種戴「素珠」的斑鳩，才是長熟了的，很補。要媽媽燉了給我吃，我怕吃。直到幾十年過去，我連餐廳的鴿子都很少去動筷子。

好像後來表哥們都不捕斑鳩了。他們說，菜園、田裡灑農藥，花生園被挖成養鰻池、養蝦池，根本看不到野斑鳩的影子。

表哥們閒暇時的一些樂趣沒了，而不到某個年紀，賭四色牌會被人笑話，整個村子也實在沒地方可去。每回到小腳外婆家，若遇他們沒工可做時，便會看到他們大大小小的，或蹲或坐在屋簷下，有的吸菸，有的看貓狗搶食，或大家一塊兒看著色迷迷的公雞把翅膀壓得低低的，朝著母雞窮追。

我常常覺得，小腳外婆家的人，甚至整個村莊的人，都像是深山裡一些自行開花、結果的花木，隨著日月節氣枯榮。

我曾站在遠處看人敲鑼打鼓，明明看著鑼槌及鼓筷子已經敲下又舉起，那鑼聲鼓聲卻遲了好一陣子才傳到耳朵裡。每看到小腳外婆家的親戚，或那村莊的人，彷彿看到那在遠處敲打的鑼鼓，我總要靜下傾聽，也許，隔一陣子才會有鑼聲鼓聲傳進耳朵。

淘金舅公

1

每天下午，我回採訪辦事處寫新聞，都會穿過高架橋底下。這一段路的車速，往往和步行差不多，任何人駕車猶如逐一檢閱路邊的機車騎士和路人。

我就是在這種情況下，遇到多年未見面的舅公。更正確的說法，應該是舅公招手攔下我的車子。

我叫聲舅公。他露出疑惑的眼神看著我，問我是誰？我說出我的乳名，他自言自語地重複說了兩次這個理當非常熟悉的名字，卻隨即搖搖頭，模樣有如企圖從雙唇之間甩掉嘴裡的砂粒那般，眼神依舊是從前那種深不見底，只映著天光的兩口深井。

我轉變話題，問他要去哪裡？舅公接連應了兩遍：「載我回家，我會付車錢給你。」

原來，他把我的車當成計程車攔下來。我考他：「你家在哪裡？」他只重複了「在哪裡？」

三個字，然後有點尷尬地咧咧嘴，露出一絲笑容。
我提示舅公：「是不是要回古亭笨的香蕉林？」他沒說是或不是，只重複著：「載我回家！」
在我的記憶中，舅公一直是很精明的淘金人。要說他糊塗，也只能說他信廟裡的神明信得太虔誠。
當我還讀小學時，舅公經常到家裡找父親，轉達牛埔仔王公的指示。說他的淘金事業，一定要有父親入夥才能成事，才能大展鴻圖。父親是個很守本份的公務員，不可能像舅公那樣一出門十天半個月，也不可能有足夠的體力長時間在荒山野外跋涉，便一再婉謝，最後應付不過來，只要一聽說舅公來了就趕緊閃人。
某夜，舅公夢見右腳有隻腳趾被一條金光閃閃的大蛇咬住不放，天一亮他便跑到牛埔仔王公廟找廟公解夢。廟公說，那應該是沒有毒的錦蛇，不會礙事！舅公卻不這麼認為，他說錦蛇是銀灰色的，咬住他腳趾的蛇比錦蛇還要金亮，蛇頭還像百步蛇那種三角形。
過沒幾天，他和兩三個伙伴上南湖大山淘金，光著腳丫涉水橫越溪澗時，那個夢裡被蛇咬傷的腳趾，踢中溪底一塊凸起的小石頭，那塊稜角銳利的小石頭順勢鑽進兩根腳趾的夾縫裡。他抬腳一看，嘿！竟然是塊閃亮亮的礦石。這在一個老練的淘金人眼裡，立即被瞧出來，它正是如假包換的黃金礦石！

從此，只要舅公述說被蛇咬住腳趾頭的夢境，都不忘把五指叉開的左手伸到人家面前，讓對方仔細瞧瞧戴在無名指上那枚大得非常顯眼的金戒指。

大大厚厚的四方形戒面上，雕著舅公的姓名，那幾個字和印章刻得一樣凹凹凸凸，全是反過來的字。碰到郵差送信來，或是鄉公所的人送張通知什麼的，舅公都會伸出左手，問人家需不需要蓋章？

2

舅公的家，在古亭笨的一片香蕉林裡，馬路和屋基墊得比田園高，遠遠望去，那一撮茅草屋所聳起屋脊，彷彿蓋在那一大片濃綠的香蕉樹頂上，連一縷縷炊煙都捨不得直接騰升，總要糾纏好久。

整個村莊在那樣的年代，每到太陽下山，立即像拉攏布幕的舞台，很快暗下來。要等到有月亮從海面彈上來，水田裡才會映出幽微的亮光。

只要不是下雨天或是寒凍天，很多人都會拉著大殼弦唱一段山伯英台或呂蒙正，在這座竹圍那座竹圍之間此起彼落，很像在比賽較勁，只差沒有評審，沒有人去分出高低。我是個小孩，都覺得那大殼弦的聲音聽來像戲台上的哭調仔，等我慢慢懂得用點形容詞時，才知道那種弦音叫做哀哀怨怨，也叫做如泣如訴。

舅公不拉大殼弦，在他家的牆壁上也找不到掛著的大殼弦。有一回我和舅公在竹林下聽到有人拉了一段比較好聽的曲調，舅公閉著雙眼，不但把那顆碩大的頭顱跟著那旋律搖晃，雙手也擺出拉著大殼弦的姿勢和動作，好像那好聽的曲調正從他的手上流瀉出來。

我驚訝地說：「舅公你也會拉大殼弦！」

舅公聽到我這麼一說，立即像觸電般渾身顫動一下，便撇下雙手，停下所有的動作，睜開眼睛把頭搖得像波浪鼓。從此，我就了解，舅公另有他的志業，他的志氣比那些每天晚間坐在曬穀場長條椅上拉大殼弦的農民要大得多，是一個天天懷有雄心壯志的農民。

舅公認為，靠田地吃飯固然餓不死，但一輩子可能要像烏龜，背上頂個重重的殼子，不管春夏秋冬日曬雨淋，都得在地上一步步慢慢爬著走，再怎麼努力抬起頭，也看不到田埂另一邊究竟是稻田還是池塘。

舅公敢向命運挑戰，雖說帶著濃烈的迷信色彩，但他始終認為，同樣向土地彎腰低頭討生活，挖石頭淘金和挖石頭墾荒種田當然不一樣。他年輕時，就是農閒也閒不下兩條腿，經常跑老遠跟一群人在花蓮立霧溪淘洗砂金，也到過九份礦區去了解挖金礦的情形。

某一天午飯後，他躺在竹圍下的長條椅上小寐，睡夢中竟然看到礁溪協天廟的關聖帝君，騎著那匹赤兔馬打老遠奔馳過來，要他趕快到太平山林場找一名叫阿江的朋友，一起上南湖大山淘金。阿江是個伐木工人，雖是舅公的舊識，但長年累月在山裡的林區裡打轉鋸木，並不懂得淘金。

阿江看到我舅公第一次坐著流籠和蹦蹦車找到他工作的林班地，竟然像是早就料到的事，一點也不驚奇。開口第一句話就說：「大頭仔爐，你什麼時候給帝君當了義子，帝君竟然託夢說你今天會到山上找我，我以為自己睡前多喝一點老米酒胡思亂想，沒想到你還真的跑到山上來。」

阿江接著用手指著一片霧茫茫的大山說，最近幾個星期每當他清晨上工或黃昏收工的時候，常望見南湖大山那邊有個山谷，會射出一道金光直沖天頂。

阿江比手劃腳，還瞪大眼睛告訴我舅公：「我懷疑那個山谷必定有什麼寶貝，本來想等到月尾，伐木工作告一段落，再下山找你，沒想到帝君這麼快就通報你來。」

舅公在太平山上待了兩天，藉著四周圍的山脈走勢，看準了南湖大山那一道山谷之後，便和阿江下山。在家中的大鍋裡炒熟一些糙米裝進布袋，有的則磨成粉末再和上黑糖，蒸成米糕，一起背到南湖大山當乾糧。他經常在南湖大山裡轉來轉去，有時候從思源埡口這頭上去，從南澳那邊出來，有時候反過來走，說是像走自家的廚房一樣。

兩人腳上穿著「踏米」鞋，「踏米」就是那種大拇趾與其他腳趾分開的膠底布面鞋，從日據流行到民國五〇年代。小腿還纏上長長的日軍綁腿。舅公說，綁腿防蛇咬，也可以作為攀爬懸崖絕壁時的繩索。而腰間則繫著軍用水壺，手中拎一把十字鎬。

經過山地部落時，舅公雇了兩名山地青年同行當助手。大夥兒在南湖大山爬了八天七夜，才找到那一個金光閃閃的光禿山頭，可惜那一層層露頭的金亮礦石，只是銅礦並非金礦。但舅公和所有的淘金人都相信，銅金一家親，有銅必有金。個個信心大增，便繞著附近的山谷打轉，未料空手而返。

根據舅公和阿江檢討結果，認為關聖帝君並未戲弄他們。會導致徒勞無功，乃是同行的兩名山地青年太魯莽，在山裡頭橫衝直撞。

舅公告訴我：「不管藏有金子或銀子的地方，都會閃出亮光，金子的亮光偏紅，銀子的光發白。銀子被發現後通常蹲在窩裡不動，金子則狡猾多了，它會跟人四處捉迷藏，常是忽前忽後、忽左忽右，讓人捉摸不定。淘金人千萬性急不得，必須放輕腳步，屏住氣息，不聲不響地靠近它，再用紅棉繩圈住它打個死結，那樣它就跑不掉。在紅棉繩圈住的範圍內揮動鐵鎬，定有所獲。」

舅公說：「神明不會騙人的啦！」

舅公的大兒子，最初的看法和我老爸一致，認為採礦就應當要有先進的科學儀器，對單靠神明指點便能夠找到礦苗的說法，始終半信半疑。在聽到關聖帝君竟然同時託夢，分別通知一個在平地的農民，和一個在海拔兩千公尺山區的伐木工人，一起去找一座金光閃閃的礦山，可令舅公這個大兒子對自己的堅持有所動搖，一度還賣力地挑著水泥，跟舅公在南湖大山用石塊蓋了一座小小的王公廟。

那時舅公才五十幾歲，他說服我們鄉下牛埔仔廟的廟公，把一尊王公背到南湖大山坐鎮。他說，那應該是台灣有史以來，神明上過最陡、最高的山上。

有了這次撲空的經驗，舅公四處打聽能人，有人介紹一個住在大同鄉南山村的原住民。這個被人稱做「啞巴番」的喑啞人，經常從山裡撿回細碎的金塊充當酒錢。

據說，神明果然沒有愚弄舅公，往後真的讓他撿到一些金塊下山。

3

等我加入新聞採訪工作行列，陸續讀過一些地方志書和相關文章，才知道早在明朝末葉，西班牙人的筆記裡，就記載宜蘭和花蓮之間「產金甚多」；清朝康熙年間，上淡水通事李滄則在目前已闢為風景區的武荖坑，淘出砂金。另有志書描述，宜蘭內山溪港產金，金如碎米粒雜砂泥，淘之而出，等等記載。

看過白紙黑字寫著那些金光閃閃的記載，令我對大字不識幾個的舅公，愈加欽佩景仰。我相信舅公一輩子都不曾看過這些記載，更何況在他淘金那個年代，宜蘭鄉下絕大多數人都是文盲，縱使有人把這些資料攤在大家面前，村人也會自嘲地說一句：「目瞷金惢惢，看到這種彎彎翹翹的刺毛蟲仔，還不是跟個青瞑的一樣。」

很多年之後，有個朋友聽我講舅公的故事，突然問我：「現在社會上盛行樂透彩、六合彩，一旦中了大獎等於挖到了大金礦。如果你舅公還活著，不知道他還會不會選擇背著炒米袋往山上跑，還是守在電視機旁看那幾個寫著數目字的小圓球，幫他帶來好運道？」

我肯定的回應他：「我舅公是個有大志氣的農夫，不是那種等著財富送上門的人，他一直認為金礦得要自己去找，自己去挖。」

舅公到了晚年，沒有辦法再攀爬崇山峻嶺，未料連他原有的記憶也一併失去了。看了醫生，只說他年紀大了，很多人年紀大都會這樣，變成「無頭神」，忘東忘西的。

但依我看，那閃著紅光的山坳，依舊是他心目中搜尋的世界，一旦這個世界倒退到離他很遠很遠，甚至退到遙不可及的天邊，對一個上了年紀的老人，確實是很慘酷的現實。

據說，舅公在往生前一個星期，常會一個人站在稻田中央，用白內障的眼球去眺望遠山的影子，痴痴地看著那脈印有他青壯年時留下腳印的遠山。我想，那種望不到山坳裡紅光的失落心情，換成任何一個人，恐怕也只能選擇遺忘一切！

吊在屋梁的棉被

在我出生前，祖父就過世了。有關祖父的一則故事，是後來聽父親講的。

父親說，祖父是個相當節儉的鄉下人。某一年夏天，祖父賣掉幾頭豬，想添一床新棉被過年。便頂著大太陽，走好幾公里路，到宜蘭城北門口十六崁一家棉被店去訂製。

當時，祖父聽村人說訂做鋤頭要巴結打鐵師傅，訂做棉被當然也得給彈被子的師傅一點好處，否則在被胎心子裡摻雜些劣等棉花，誰也看不出來。尤其那年歲，一技在身的人比哪個農夫都偉大。

祖父偷偷的在彈被子師傅的褲腰上搋了一包香菸。一包菸的價格一塊七毛錢，而跪在水汪汪的爛泥田裡除草，一天不過賺得三毛多工錢，棉被師傅當然不好意思偷工減料。

經過十來天，新棉被打好後，特別用一口乾淨的麻袋裝著。拿到家時，只拖出半截亮了一次相，讓大大小小伸手捏了捏，就被祖父吊在床頭的屋梁上，全家都在巴望著冬天趕快來到。

鄉下的冬天，冷風颳起來毫無遮攔，就像關公老爺舞動閃爍寒光的大刀，掃過來又掃過去。祖父卻沒有啟用新棉被的意思，照舊裹著又硬又冷的舊棉被睡覺。

祖父說他不冷。

半夜裡，屋外已經冷得下霜，他才燃起炭火籠，窩在冷被子裡祛寒。

全家人每晚都看著吊在屋梁上的棉被，等著過年那天，看祖父蓋它。到了過年，祖父卻照樣用舊被子摀住炭火籠。

直到第二年過年，新棉被才上床，老老小小輪番鑽到被窩裡體會體會。每個人都說，這床被子真暖和。

幾個伯父還說，實在可惜！白白在屋梁上掛了一年多。

祖父聽到兒子們抱怨，便正色的說，好棉被更要珍惜著用，我晚一年蓋它，以後兒孫們就可以多蓋一年。

水滴落土

村長的皮鞋

小時候住宜蘭鄉下，那時的鄉下人很少出遠門，即使村長也不例外。平日裡，大家出門不是打赤腳就是穿木屐，後來進步一些，才穿起塑膠拖鞋。

我們村長家很有錢，經營著村中最大一家雜貨店，屋簷掛有菸酒專賣的鐵牌和准許賣鹽的鐵牌。村長每天上街添補貨品，仍然穿木屐踩著腳踏車來回。

這種日常的工作，和農人下田沒什麼兩樣，不算出遠門。

村長有一雙皮鞋，只有真正出門旅行時才穿。每回村長要到中南部媽祖廟進香什麼的，差不多全村的人都看得出來，因為這個時候，他腳上必定穿著皮鞋。

村長難得出門，每次出門，我們家的孩子一定比全村的人更早知道。他總會提前一天拎著那雙形似鴨母船的黑皮鞋，到我們家，在我們幾個兄弟蹲著圍觀下，勤快的刷上鞋油。

村長刷鞋油非常認真，每次要反覆的刷上半個小時，還會繃緊毛料布塊，像拉鋸子般飛快的在鞋面上拉來拉去，直到認為亮得不能再亮時，才舉起鞋子左照右照，不停的在我們面前晃著，發現所有人的影子都能夠清晰的映照到鞋面上，才滿意的把鞋拎回家。

那些年，鄉下人只在結婚時才捨得買皮鞋穿，附贈的鞋油結成硬塊後，因為皮鞋少穿，便不再添購鞋油。父親在鄉公所上班，天天穿皮鞋，左鄰右舍只有我們家一年到頭備有鞋油和鞋刷，還特別由木匠舅舅用肥皂箱的木料，釘製一個小木頭箱子，專門收納。

沒想到這麼一套小小的擦鞋工具，竟然擔任了許多年敦親睦鄰的重任。

溫泉女子

很多年前，我剛當記者時，在礁溪採訪新聞。整個溫泉地區的機關房舍，只有郵局裝冷氣，夏天我常坐在郵局裡寫稿。

尤其是中午時刻，大多數人都休息睡午覺，小郵局非常清靜，往往寫完幾張稿紙也看不到顧客上門。

較常上門的，是一些面貌姣好的女子。每回她們離開櫃台，輪流到鄰桌貼郵票時，我都會禁不住的多看她們一眼。

這些女子彼此最相像的地方，是每個人都張著一雙惺忪睡眼，分明是大夢初醒。漂亮的女人如果睜著大眼珠子看人，會把人看得心慌；像她們那樣迷濛的眼神，反而誘人多去看她們幾眼。

郵局的朋友偷偷告訴我，她們大多是從南部上來淘金的。這些女人習慣早上睡覺，每天黃昏以後便要忙著侍候客人，只有中午起床這段時間，可以出門把賺來的錢寄回家。

朋友和我常開玩笑的互相勉勵，可不要讓這些溫泉女子迷住了，掏錢供她們寄回家。當我調職時，朋友還向我道賀說，終於遠離誘惑了。

不久前，再見到那位郵局的老朋友，他已退休。他告訴我說，後來這些年的工作真是越做越無趣，因為越來越少有溫泉女子曉得把賺來的錢寄回家。

父親的臥鋪列車

弟弟和妹妹家都在台北。一年當中，父親和母親總要搭好幾趟火車到台北。老人家出門，縱使看的是自己的兒女，習慣上還是多少要帶點東西。手邊常提一大袋家裡種的菜，或是自己醃漬的脆瓜、豆腐乳等；有一次，父親還抱了一個長長肥肥的大冬瓜。

父母年紀大，手上又提著重物，坐火車必須先幫他們買好有座位的對號車票。偏偏宜蘭往台北的車票出奇的難買，提前到車站排隊也不見得能劃到座位。

父親知道以後，不要我再去排隊買票。他說：「你忙著上班，時間寶貴，領人家的薪水不能隨便耽擱，我們老年人清閒沒事做，時間不值錢，搭普通列車人少位置多，一個人可以佔兩三個人的空位，坐累了，還可以當臥鋪哩！」

從此，父母親到台北都是坐他們的臥鋪列車，不再是不容易買到有位置坐的自強號。

小品三帖

簫聲

簫的聲音，留給我深刻的印象。似乎從童年起，幾十年間都不曾離開耳畔。

小時候住的鄉下地廣人稀，每一戶人家往往要隔著很大一片稻田，或是一條溪流。而在很長一段日子裡，天黑的時候就有人吹簫，吹得幽幽怨怨的，像鬼故事裡的遊魂，飄浮在田野的上空。

鄉下人早睡，夜路很少人走動，簫聲究竟由哪一個村莊，哪一座竹圍傳出來，始終沒有人能弄清楚。

我猜是附近一個瘋女人。

她被關在一間豬舍邊的小屋好幾年，小屋的門經她丈夫用鐵絲絞得死緊，只有砌磚牆時在門邊留下的小洞，作為送飯和透光的窗口。曾經和童伴透過洞口去看那瘋女人，很多次都只瞧到屋子裡黑黝黝的，隱約有一個更沈重的黑影子，蜷曲在木板床上。

有一次，我終於看到瘋女人的兩隻眼睛，像剛從嘴裡吐出的龍眼核，黑亮黑亮的閃著水光。所以，我寧願相信，是她在每天夜裡吹出簫聲，吹出讓人心痛斷腸的簫聲。

父親說，七十幾年前的「土圍公學校」，有個叫做西川什麼的日本校長，學識好、人品好，頗受師生尊敬和推崇。而絕大多數沒讀過書的村人知道他，主要是西川校長會在每天黃昏吹簫，且他吹簫技巧一流。不過，村人所以敬重他，卻是因為他不吹簫的時候。

父親解釋，只要學校附近能夠聽到簫聲的人家，有人生病或亡故，西川校長就連著好幾天不吹簫。

床位

外婆生病住院的時候，住在兩人一間的病房，鄰床是個臉色蒼白的婦人。

有天下午，我帶了小說到病房。正好聽到鄰床那婦人告訴陪她的家人說，她恐怕活不久了，因為她連著做夢，每次都夢到一個凶惡的陌生人，拚命和她擠病床，還聲稱這床位本來就是他的。

那婦人一面用手抹掉眼角的淚水，一面傷心的說：「你看，連病床都不給躺了，還有什麼指望呢？」

我很想告訴她，也許那夢所暗示的，是她的病快好了，來個什麼神明趕她出院哩！但那婦人和她家人，我都不認識，只好忍著沒說出來。

隔了幾天，我再去看外婆時，鄰床已經空在那兒。

訃文

外婆活了一百歲，大家都說喪禮應當風光一下，什麼地方官員都應該下鄉來上炷香。

訃文寄出後，卻立刻有個鄉民代表打電話向舅舅抱怨，說他只是小小的鄉下代表，怎麼把他列在治喪委員名單中第一位？如此豈不令他被其他的大官看笑話。

我把訃文找來細看，果然發現訃文中的治喪委員會名單，未按常理編排。鄉長當主任委員，縣長、縣議長只當副主任委員。其他委員名單不但未照官職大小排列，也未依姓名筆劃多寡安排先後。更尷尬的是，某一黨的縣黨部主委被聘為副主任委員，另一個黨的主委卻排在委員名單的最後一個。

當初擬稿的表弟，為了這張訃文，成了眾矢之的。很多親戚認為，這樣的訃文太丟臉了，必須收回來，另外重印。

表弟委屈的說：「我是鄉下人，誰知道什麼人官大官小，我想最大的應該是活了一百歲才過世的祖母，其他活著的人有什麼大小？所以我先想到誰，大家先提到誰，我就先寫誰，這有什麼錯呢？」

舅舅說我是個讀書人，在外頭做過事，見過世面，要我決定怎麼善後。

我想，像表弟這種先想到誰寫誰，管什麼官大官小的可愛鄉下人，已經不多了。所以，我贊成讓外婆這張不管官大官小的訃文，成為全宜蘭難得一見的訃文，哪有什麼丟臉。

第二輯

小木盒子

老瓦屋大廳裡的書桌上，有個很精巧的小木盒。每天晚飯後，父親在書桌上寫字時，就會有人躲進小木盒裡頭跟父親說話，父親好像不太理會他們，他們照樣說個不停，要不就彈琴或唱歌。

真是個神奇的盒子，每次聽完彈琴或唱歌，媽媽都會要我拍手。

三歲的某一天上午，父親到鄉公所上班，媽媽在曬穀場幫忙翻曬稻穀，我一個人坐在大廳的門檻上玩耍，突然瞥見夾在瓦片之間的玻璃天窗，投射下來的一柱光束正巧照在書桌上。彷彿招手要我過去，我忍不住好奇地爬上長條椅，再爬上父親的書桌。

這才看清楚被爸爸媽媽用日語叫它「拉吉歐」的小木盒，裝了幾個可以旋轉的瓶蓋。我將那瓶蓋扭來轉去地胡弄一番，有一個瓶蓋子還被我拉了出來，怎麼塞也塞不回去。

我用手拍拍那木盒子，希望住在拉吉歐裡面的小人兒能夠彈琴唱歌，要不然說說話也行。但不管我怎麼拍它捶它，或是用口水塗抹它，這個倔強的拉吉歐始終不吭一聲。我想，那些小人兒大概只肯聽大人的話。

晚飯後，父親還沒下班，我又一個人爬上書桌，去摸弄那個小木盒子。這回小木盒的肚子裡突然閃出一些亮光，不一會真的就有人躲在裡頭嗚嚕哇啦地講著一串我聽不懂的話，像是在罵人，嚇得我差點跌下桌子。

回過神來，我不甘心地用手去拍打那小木盒，未料那小木盒非但不生氣，還嘻嘻哈哈地亂笑一氣。我再去轉動那瓶蓋，原先躲在裡面的男人好像跑掉了，換了一個女人在唱歌，我坐在桌上聽她唱了好久。後來好像擠進去一群人在裡頭打鬧開來，我害怕這些壞人會把父親的小木盒擠破。

我把頭探到拉吉歐的背後，想瞧瞧那些壞人到底長什麼樣子？卻只看到木盒裡倒插著一些玻璃瓶罐，瓶裡塞了一些會發亮抖動的東西，想那些小人兒一定是被關在這些瓶子裡，難怪跑不掉。

到了五、六歲，村裡有個小偷被警察捉去就不曾放回來，村人說小偷肯定被送去「坐罐仔」，我便懷疑小偷被變成小人兒關進拉吉歐的那些小瓶子裡了。關在那麼小的瓶子裡，要怎麼吃飯、睡覺和尿尿？想來想去，真是可怕。

等後來我上了學，才知道拉吉歐正是課本裡說的收音機，那些玻璃瓶叫真空管。收音機要有電才會響，早年鄉下只在晚上六點到十點，以及清晨四點至六點這兩個時段供電，我在白天轉動收音機，當然不會響。但不管響不響，鄉下的收音機稀奇少有，十幾戶人家才有一台，每年還會有兩個腰間佩戴手槍的憲兵來檢查，從小木盒子裡取出一張紙片蓋章。

朋友聽我說這一則故事，懷疑我那時應當大過三歲，我說肯定比三歲還小一些，因為滿三歲那年我們就搬離了大瓦屋。到了新住的地方，拉吉歐被放在牆壁一塊架板上，我站上椅子都搆不到它。

其實，我真的記得很多小時候的事，常常忘掉的反倒是最近幾年的事，孩子們和醫生朋友都笑我老了。真奇怪，一個人能夠記得那麼多小時候的事，竟然會被說老。

報紙

四、五十年前，鄉下人家家戶戶鬧窮，窮到可以夜不閉戶，白天全家人統統下田去照樣不用關門，只要用半截的欄柵擋住雞鴨，不讓牠們進屋內拉屎就行了。孩子上小學，往往因為缺錢買作業簿而中輟，得要老師到家裡去表明可以掛帳，才敢讓孩子繼續去讀書。

這樣的年代，鄉下當然沒有人有餘錢去訂報紙。十幾個村當中，訂得起報紙的，大概只有鄉公所、農會，還有一兩所學校。

這些報紙，有的是託市區來的公路局班車，在當天中午或下午路過時由車掌丟下來，也有是郵差送來。這些投郵遞送的報紙，通常要晚一天。等到鄉公所或農會的員工看過這些報紙，流入民間的時間，最快也要再隔個三、四天。

好在鄉下農人大多是文盲，認得白紙黑字的除了公教人員，就是我們這些小學生，因此很少人去計較看到的究竟是前一兩天的新聞，或者是隔了許多天才看到的舊聞。

我們村子裡，每天看報紙看得最認真的有兩個人。一個是派出所的胖警察老劉，胖老劉是上海人，大家猜他天天翻看報紙的目的，是想從報紙上知道上海老家的消息。另外一個看報看得最認真的人，是我們小學的校長。每天中午我們中低年級學生放學，忙著排路隊回家時，都會看到校長手上夾著一支菸，腋下夾著報紙，朝著廁所走去。

據上全天課的高年級同學說，校長把自己關在廁所裡，要隔很久很久，直到他們去清洗便當盒，才會看到他照樣夾著香菸和報紙走出來。那個年代的廁所都是簡陋的糞坑，可是散發著嗆鼻的臭味哩！

而鄉下紙張來源有限，不管新的、舊的報紙，或是曾經被校長和其他老師帶進廁所的報紙，都是搶手貨。附近的小店鋪，會把拿到手的舊報紙裁成兩個巴掌大，甚至更小一些，再摺成三角袋用來裝酸梅、金柑糖；雜貨店摺的紙袋略大一些，好用它裝麵粉、黑糖或鹽巴。而一般民家跟著商家搶舊報紙，主要是用來糊牆補壁。

早年民宅牆壁和天花板，差不多全是木板釘的。新建好時，每塊木板之間勉強密合，隔個一年半載經風乾縮水，一面木板牆露出十幾條隙縫，毫不稀奇。刺骨的寒風，專門朝這些隙縫鑽進屋裡，舊報紙便是用來糊住牆上這些隙縫。

為了省錢，一般民宅通常不會釘天花板，瓦片直接擱在木條椽子上，有些地方還夾住一片透明玻璃，作為讓陽光照射進屋裡的天窗。全家唯一可能有天花板的角落，在床鋪頂上。

這塊天花板兼作存放雜物的閣樓，天天都有老鼠在上面追逐賽跑，鏖戰之際不免會有老鼠屎、灰塵、蟑螂屎從木板隙縫掉落在床上。於是，舊報紙同樣派上用場，糊牆的同時還會把版圖擴張到天花板上。

報紙既然是用來糊牆糊天花板，彌補那些木板隙縫，當然很少人去計較貼上去的報紙是直的、橫的，甚或是倒頭的。偏偏家裡有個剛從課本裡識得幾個大字的小蘿蔔頭，難得有課外讀物解饞，於是便會發現那個小蘿蔔頭天天歪著腦袋，甚至整個人躺在床上，不斷地調頭打轉，去讀那些橫斜或翻了觔斗的報紙。

現在有些民意代表或學者，看到媒體報導內容有出入，或所披露的事實損及自己形象時，都會跳出來告訴支持者或民眾說，那樣的新聞只能顛倒看。事實上，像我這一輩的宜蘭鄉下人，在幾十年前真的是經常把報紙顛倒看，還一而再地溫習，天天看得津津有味。

自己家裡的牆上和天花板看遍看得爛熟了，還要跑到童伴家裡去吸收新知。也就在這一半懂、一半猜地讀了又讀之後，不但認字讀句大有精進，遇到那艱深字辭，額外還練出豐富的聯想力。

等我和童伴們到宜蘭市區讀初中時，每天讀報的陣地立即轉移到放學時的車站候車室。早年候車看報，是大人的時興，時間不管早晚，手上有一份報紙，等於向眾人宣告，自己是個有學問的知識份子。我們背著書包，故意坐在看報乘客的兩側，就算只能坐到對面，對方看報時倒摺下來的上半版，仍是大家歪著頭搜尋的獵物。

後來，車站候車室設閱報欄，每天張貼報紙供人閱讀，大人小孩擠在一塊兒看報，高高低低擠上擠下地各取所需，每次站長發車的鈴聲響起，總有大人或小孩慌慌張張地從閱報的人群裡鑽出來，奔向已經關了大半的車門。

秀才爺與三山國王

堂哥家客廳的神明桌上，正中分坐著兩尊神明雕像，左邊坐的是三山國王，右邊叫秀才爺。兩尊神像都不高大，刻得也不精細，正應合鄉下人該有的三分土氣。

三山國王身穿戰甲，黑臉膛長著褪了色的紅鬍子，兩道橫在眼下的金漆彩繪卻依舊閃爍亮光，維持著武將特有的扮相。他瞪著圓鼓鼓的大眼珠子，坐在龍頭扶手椅上，右手還拿著一件短兵器，非常威武。

秀才爺坐在三山國王身邊，格外顯得斯文，粉紅光滑的蛋形臉龐，瞧不出半點鬍渣，眉清目秀的，連嘴角都含著笑意。秀才爺頭上戴著的深藍色帽子，宛如一般民家山脊式的屋頂，更像是一本硬皮殼的精裝書，從中間翻開後，橫著倒蓋在頭上。畢竟是讀書人，雙手只悠閒的扶著桶圈似的腰帶。

父親說，這一文一武兩神像，原本供奉在故居大瓦厝的公廳，大瓦厝拆了之後，才由堂哥一家繼續供奉。兩尊木雕神像，在日據時期都曾經落難，被日本警察沒收，順手丟進附近的圳溝裡。

神像在水裡漂浮了一天一夜，在村尾被圳溝邊的長草攔住他們，沒繼續往太平洋流去，才讓沿著圳溝徒步搜尋的祖母找回來。

神像早在父親小時候就有了，也不知道是哪個師傅刻的，或是哪位老祖宗從唐山捧過來的。家族來自福建漳州金浦，不是客家人，為何供著客家人的守護神三山國王？問也問不出個道理。

在父親之前的年代，大人下田孩子放牛，大人砍柴孩子割草，天天有做不完的事，這是每個農夫的本份。家族裡不曾有人進過學堂，父親勉強能上小學，讀的卻是日本書，那時天下早已經不是中國皇帝的，當然不會有秀才，為什麼家裡會一直拜著秀才爺？誰也弄不清楚。

根據父親的記憶，村裡還有戶賴姓人家，老老小小世代務農，整個家族在幾十年以前，不曾有人讀書識字，大廳裡神明桌上竟也供著一尊讓考生趕考挑著走的「魁星」哩！

父親說，曾祖父和幾個兄弟在礁溪分家後，到礁溪和壯圍交界一個叫車路頭的地方開小雜貨鋪，當地土匪鬧得太凶，店沒開多久，曾祖父便被流彈打傷，家境從此未好轉過。在那樣一個大多數人都過著治安不好又窮苦生活的年代，家家戶戶總會供著一兩尊神像，保佑全家大小平安，要供什麼樣的神像，也就沒人刻意去考究。

想來老祖宗這麼做不是沒道理。過去醫學不發達，鄉下人有病痛只能找人抓點青草煎煮，再不行就是求神拜佛；大家科學知識有限，難免有遭受妖魔鬼怪侵擾的疑慮，家中如果能有一兩尊守護神，在交通極為不便的鄉下，當然方便太多。

尤其村中各家供的神像種類不同，無異連接成一個各有專精的神像顧問團，在區域聯防的架構下，哪一家遇到的疑難雜症，都有得諮詢。

再說，當時鄉下人的習俗，不管哪一家拜的是什麼神，只要有人拜拜、做戲、殺豬公，家家戶戶的神明，都會被請去分享馨香，坐大位看戲班子演戲。人沾神的光，當然會一道被請去大吃一頓。

在那樣人神皆有情的時代，老祖宗們每天清早開門，向三山國王上香，求的是保佑一家老小出門平安，不要遇到山賊土匪，或是邪魔厲鬼的；向秀才爺上香，當然是求子子孫孫能讀書識字，將來謀個一官半職的。與現代人諸多欲望比較，老祖宗供這兩尊神像，實在算不得有太大的野心或太大的奢求。

我每回到堂哥家，總不忘朝著三山國王和秀才爺拜一拜，心頭的感覺，竟然和拜著老祖宗時一個樣。

近年來，富裕人家多作怪，有錢連別人老祖宗留下的什麼寶貝，也要想盡辦法買來把玩。骨董商下了鄉連哄帶騙，有些還順手牽羊，堂哥家有這樣兩尊神像，可不能讓收買骨董的知道了。

堂哥已經過世，有些話又不便對姪子們開口，看來，秀才爺和三山國王只能靠自己顯靈保佑自己了。

舊情綿綿

我從小就不會唱歌，勉強唱了，自己都覺得確實五音不全。這應當不是遺傳，因為母親和妹妹都會唱很多歌。父親和弟弟們雖然不愛唱，偶爾開腔好像也比我唱的悅耳許多。

初中時，我很認份地想學一兩項樂器，以彌補缺憾。發現鄰居青年好吹口琴，能夠同時重疊兩把蝴蝶牌口琴，吹奏出繁複的音節，特別好聽，有人說是雙重奏，反正不像是只有一個人在吹奏，令人讚嘆。

鄰居青年不藏私，願意收我當徒弟，耐心的教導我。那個年頭窮人家的孩子買不起口琴，他借我一把，說好等我自己有錢再買。後來看到他每吹奏一支曲子前後，都會把口琴朝手掌裡拍打一番，讓那些蓄積在整排孔洞中的口水，能夠順利甩出來，可那麼三拍兩拍立即拍碎了我的口琴夢。

有些人聽我提起這一段過往，笑說幾十年前一個初中生，怎麼懂得這樣的衛生常識？這又得扯出一段故事。

民國四、五十年間，我家對街的鄉公所有個主計員患了「氣傷」，正是當時認為無藥可醫的肺結核。氣傷的人動輒咳嗽，咳嗽必定噴出口水，所有的人都不忘互相叮嚀，千萬不能沾到那人口水，甚至眼睛看不見的口水霧，都會感染氣傷。

想想，一支口琴有那麼多孔洞和簧片，隨時都儲藏著吹奏者的口水，自己或別人拿它吹奏，一首曲子總要不斷地吹氣吸氣，怎麼能避免病菌傳染？

有朋友教我，說每天吹奏前偷偷地把它放在鍋裡煮滾了就行。媽媽說，別人家的口琴，煮壞了怎麼辦？再說，萬一有幾隻細菌不怕滾水而活下來，怎麼辦？我想了想，不學吧！

到了高中，我對音樂還不忘情，跑去參加學生樂隊。原本選擇學吹伸縮喇叭，接觸嘴唇的那節銅製的號嘴，隨時可以卸下來自行保管並清洗，理當衛生多了。沒想到資質駑鈍，接連噴出好多口水也學不好。

隊長安慰我，說我身子個兒小，中氣不足，不可能吹得好。他建議我改學小鼓，果然很快得心應手。哪料到一次全縣運動會繞場打得正起勁時，不知怎麼的敲掉一支鼓錘，從此才斷了學樂器的心思。

其實，我第一次看到聽到彈奏的樂器，並不是這些洋玩意，應當是古雅的月琴。月琴由一個瞎掉眼睛的女人，斜抱在胸前彈奏，她身旁有個臉上掛著鼻涕的小孩，當她行路的柺杖，背後還背了一個嬰兒，挨家挨戶地彈奏乞討。當母子站到我們家門口彈奏時，我和弟弟蹲在門邊，等著媽媽從廚房捧出米飯送他們。

記憶裡，那月琴僅有兩根弦，彈奏出來的聲音單調淒涼，但對一個不懂得樂曲的稚齡孩童而言，只感覺它非常神奇而受到吸引。事隔多年，每回耳畔響起那冷清孤寂的琴韻，都不免想到女乞丐臉上那兩個凹陷的眼窩裡，還淌著黃濁的淚液，好像隨時會跟著叮叮噹噹的琴音掉落下來。

後來，阿嬤帶著我到處趕廟會看野台戲，聽到戲台上五花八門的樂器奇奇叩叩、鏗鏗鏘鏘、叮叮咚咚，熱鬧而有節奏地響個不停，真是欽羨得五體投地，卻始終分辨不出哪個聲音發自哪個樂器。

在我兒童少年時期所見所聞的諸多樂器當中，最令我感到神奇的，應當是傳教士胸前掛著的手風琴，它發出的聲音和我們小學裡的風琴一個樣，但學校的風琴顯然比手風琴笨重太多。每天升降旗或輪到音樂課的班級，都會指派三個學生到辦公室抬風琴，兩人抬風琴，一人扛椅子。那是個好玩的勤務，一邊抬還能一邊空出手指頭去按那琴鍵，讓風琴發出響聲。

當然，風琴必須要踩動腳踏板把空氣鼓足風箱，按那琴鍵才會發出聲音，否則憑空只能壓出木頭琴鍵咯咯響。我們很快發明出一種方法，便是在抬起風琴之前，先快速而猛烈地踩動腳踏板，把風箱鼓足了空氣，就能夠一邊抬著走，一邊彈奏那些琴鍵，讓它發出一小串悅耳的聲響。

那些年，宜蘭街上的教會常派傳教士下鄉傳教，他們帶來了輕便又神奇的手風琴。不用三個人抬，由彈奏的人直接掛在胸口帶來帶去，站在什麼地方都能彈奏。

傳教士穿著乾淨且熨燙得筆挺的亮白襯衫，繫上黑色領結，雙手一面彈奏一面反覆拉扯壓縮著胸前的風箱，讓手風琴發出美妙的琴聲，傳教士的嘴裡還不停地唱著：「來信耶穌，來信耶穌，大家攏來信耶穌！信了耶穌，信了耶穌，你得平安又快樂！」

村裡的兒童圍過來看熱鬧，張嘴跟著琴聲唱和的，可獲贈一張遍佈著晶亮顆粒的耶誕卡。當時我們不懂那是回收的卡片，只覺得上面的彩色風景很漂亮，還寫了一些彎彎曲曲的英文字，像故意畫出來的，幾乎每張都不相同，挺新鮮的。

某年的一個夏天夜晚，經常在收音機裡唱歌的洪一峰，率領著他的歌舞團到村裡的小學操場搭台表演。大家在三輪車廣播號召下，相繼趕到學校去看收音機裡的洪一峰，看他究竟長什麼模樣。

最初的印象是，這個出名的歌星和傳教士一樣，穿著乾淨且筆挺的亮白襯衫，卻打著紅色的領結。當洪一峰唱著〈舊情綿綿〉的時候，那紅色的領結也會跟著每個顫動的尾音抖個不停。

台下的老老小小個個伸長脖子，盯著他的下巴和紅色領結之間的喉結瞧個仔細，想看看是否安裝了什麼機關。然後有人下了評語說，那喉結裡彷彿藏著一顆旋轉且抖動個不停的陀螺。結果，大家似乎都忘了去欣賞他怎麼邊唱邊彈奏胸前的手風琴。

〈舊情綿綿〉從此成為我這輩子唯一能夠從頭唱到尾的歌曲，一些朋友聽了，硬是由此斷定，說我這個人不是不會唱歌，而是深藏不露。

每次想到手風琴，就會想到那些曾經學過或看過的樂器；每次想到學過或看過的某一種樂器，就會想到手風琴。然後，還會想到那些閃爍晶燦的耶誕卡，想到傳教士，想到洪一峰喉嚨裡那顆旋轉且抖動個不停的陀螺。

沒想到經過這些年，已經不再看到有人吹口琴、彈月琴，更沒有人彈奏手風琴了。倒是偶爾還能聽到有人播放洪一峰的歌聲，我分辨不出歌聲裡的他，是否還一面演唱一面彈奏手風琴。

但不管如何，那樣的歌聲和琴聲，總是輕易迅捷地把我送回青春年少的歲月。噢！真的是舊情綿綿呀！

到戲院呼口號

到戲院裡不是看戲就是看電影，我當學生的時候常常到戲院，卻是去聽一些官員講話，最後還要跟著高聲呼口號。

宜蘭市中山公園，有一座戲院留存在中老年人的記憶裡。很老的老人家，叫它「宜蘭街公會堂」；五、六十歲的人，稱它是「中山堂」或「大同戲院」；再年輕一點的宜蘭人，大概只知道它叫「公園大戲院」或「大觀戲院」。

其實，說的都是同一座已經不存在的特大房子，也許只能在地方志書上找到些微淺淡的影子吧！

很多人的記憶中，那座形似倉庫的高大建築，覆蓋著黑色的日本瓦。七十幾年前日本人興建它，主要作為宜蘭街公會堂，相當於現在的社區活動中心，作為政府機關集會或民間遊藝活動的場所。

台灣光復後，公會堂改稱中山堂。後來宜蘭市公所動了生意腦筋，把它租給民間商人當戲院，省了管理維修費用，還有租金進帳。戲院名稱和經營方式，當然由租用人做主，因此往往隨著更換老闆而有所不同。這座戲院演過日本電影、西洋片、國語片和台語片，也曾經讓歌仔戲班和歌舞團在台上大顯身手。

戲院和公園都是年輕人談戀愛的地方，這座戲院既然位於公園裡頭，更是上選。座椅、燈光和音響等設備好壞，或是上映影片的水準高低，大家似乎不太計較。

尤其緊貼戲院左側的舊城南路，路中間流淌著一條清朝留下來的古護城河，一般水圳寬度，卻垂柳夾岸，煞是詩意。早年宜蘭人不管是談情說愛或抒發心結，並不作興喝咖啡，隔著護城河對岸的一家冰果室，便成了男女滋育愛苗，或個人獨處尋思的場所。

冰果室是一棟木板牆紅瓦頂的低矮的屋子，但比一般民宅寬了兩三倍。簷下和幾面木格窗子四周，懸吊著五顏六色的小燈泡，每到黃昏便開始不停地閃呀閃的，好像是刻意符合著唱機所流淌出來的樂曲起舞，真的眩人耳目。閃爍的燈光，迷人的樂曲，加上護城河兩岸隨風擺動的垂柳，情景確實容易讓人陶醉。

從戲院廣場到冰果室之間，只要走過護城河上一座小拱橋。因此冰果室的生意興盛或冷清，幾乎跟戲院的觀眾多寡密切相連，特別是電影開演之前和散場後，光顧的客人特別多。

可惜三十年前一場大火，把戲院燒得只剩下水泥牆柱。修復後曾繼續經營過一陣子，觀眾卻一天比一天少，終於難逃關門和拆除命運。戲院拆了，冰果室的命運可想而知。

像我這一批生長在六〇年代前後的中學生，不少來自窮鄉下，除了廟埕的免費露天電影或野台戲，不可能有零用錢進戲院看戲。能對宜蘭市中山公園裡這座戲院留存影像，並非銀幕上的什麼劇情。

記憶倒帶所見，往往是我們那一大群穿著童子軍服裝的蘿蔔頭，坐在戲院裡高聲呼口號，或是持著自製的竹筒火把，在戲院廣場集合排隊，等著被帶領到街上遊行。

那些年，戲院雖然出租民營，但在天候多雨且缺少集會場所的縣政府所在地，它必須承續著日據時期興建時的使命，扮演集會所的功能。舉凡村鄰長講習、後備軍人教育召集和各項節慶大會，都利用它。反正上午開會、下午和晚上可以照常演戲，不但不礙老闆做生意，還為戲院帶來知名度。

每逢日曆或月曆上印有國旗的節慶，像元旦、青年節、國慶日、台灣光復節等，身為中學生的我們，經常被指派到這座戲院參加全縣各界慶祝大會或紀念大會。集會本身很少讓我們留下什麼特殊印象，有的不外是大官在台上輪番演講比賽，對我們這些小毛頭而言，大人儘管說他大人的，我們小人兒也自會找到自己的話題交流。帶隊的老師不時把眼珠子隨著那嗡嗡聲響打轉，但阻遏效果有限，老師的目光似乎裝了什麼遙控器那樣，眼睛掃到的位置及時噤聲了，重新興起的一波嗡嗡聲，卻在另外一個角落響了開來。

這種你說你的、我說我的的情形，總要持續到司儀喊出「呼口號」的那一刻才會停止，大家的注意力也才能趨於一致。幾百個大人和小孩，聚在一個屋頂下高聲呼喊，竟然使那「發揚先烈革命精神」或是「收復大陸國土」的口號，句句響亮。於是大家越喊越有勁，最後喊萬歲時竟然震耳欲聾哩！

國慶或光復節晚上，通常還會舉辦火炬或提燈遊行，大家依規定拎著自製的紙製燈籠，或拿著竹筒火把到戲院前的馬路上排隊，一面輪番唱歌、呼口號，一面呼吸著火把散發出來的煤油臭味，這種嗆鼻的氣味還很黏人。

遊行隊伍沿著護城河邊的舊城南路出發，經過光復路、火車站、宜蘭戲院、康樂街、中山路，在商家密集的市區繞一大圈。這時走在遊行隊伍裡的我們，只顧看著街兩邊商家門面，甚至彼此打鬧，在夜空下呼起口號，音量顯然比戲院裡喊的遜色多了。

六〇年代的戲院廣告牌

如今公園還在，戲院早不見了。戲院拆了，屋簷下閃爍著紅黃藍綠燈光的冰果室跟著不見了。連戲院旁邊道路當中的那條護城河，也被加蓋成為街道的一部分。

我每次經過公園旁邊，不管是走路或開車，耳畔彷彿還能夠聽到那一串串的口號聲。幾十年沒再聞過的煤油臭味，偶爾也會突然地從鼻孔竄進腦門。

記憶中的豬

剛學著認國字時，父親解釋「家」字的寫法說：「家，就是在屋子裡豢養一頭大豬。」

當時住在宜蘭鄉下，村子裡的每一戶人家房子都不大，屋後卻少不得加蓋豬舍養豬，而且每家還會設法多養幾頭。養豬，在村人的習慣中，像養一群孩子般的理所當然。

和村裡所有的孩童一樣，我們兄弟在每天上學前、放學後，都要到園子裡割點番薯藤蔓回來餵豬，這是一種固定的「家庭作業」。年紀較小時，用一根兩頭尖的粗竹竿挑著。到了會騎腳踏車，便將番薯藤蔓捆在車子貨架上載回家。

父親每天從鄉公所下班，趕天黑前都會挑一擔水肥到菜園，晚上則蹲在昏黃的小燈泡下，削豆渣餅羼合脫脂奶粉等，製成仔豬飼料；母親用菜刀將番薯藤蔓剁成一小段一小段，用大鍋煮了餵大豬。

我們兄弟做完功課後，鉋地瓜籤是另外一項功課，兩手經常被鉋刀鉋得皮破血流的。

每年夏天，颱風來襲時，山洪往往在一夜之間把溪洲上的番薯園沖得不見蹤影，豬隻只好飽一餐餓一餐的，等著我們兄弟提著竹籃子從附近田埂或堤防，撿一些「豬母乳」草和其他野菜回來。

雖說養豬是農家一種副業，卻要花掉鄉下人不少的心神力氣。唯一安慰是，看到豬仔一天天長大，賣個好價錢可以繳學費和添件新衣服。

鄉下人自古流傳有幾句口頭禪——無富年也有富月，無富月也有富日，無富日也有富時。大家過慣清苦的日子，仍不忘奢想有個翻身機會，縱使是那麼個眨眼瞬間。

於是，辛苦的挨到仔豬斷奶或大豬肥壯得售，掙來一把鈔票時，的確能夠「富有」一陣子，讓全家人高興一陣子。這時候，上學那套袖子和褲管都短了一截的制服，有希望換新了；露出腳趾的球鞋，應該可以淘汰了；下個學期的學費，也有了著落。平常缺少油脂的餐飲中，油炸得酥酥脆脆的豬油渣，金亮亮的散發出引人垂涎的香味。

每天在番薯園被花蛇驚嚇的餘悸，手上被鐮刀割傷或鉋刀鉋傷的疼痛，立刻煙消雲散，全家人心裡都充滿著幸福的感覺。

豬，在我的記憶中，和童年的生活是分不開的，在所有鄉下人的生活中，也一直扮演著重要的角色。可是當我懂事以後，卻發現牠竟然被人們拿來作為嘲弄譏諷的對象。尤其在一些讀書人的筆下，更是不堪，真令人費解。

明朝的吳承恩編寫《西遊記》時，為了把孫猴子裝扮哄抬得神通廣大，相對的只好將豬八戒寫成膽小愚蠢，好吃懶做，自私又好色的貪婪之徒。

從此以後，儘管豬隻們世世代代犧牲生命改善人類生活，滿足人類口腹之欲，仍然堵不住人們的嘴，而永無翻身之日。即使是仔細讀過《西遊記》，也明白吳承恩是因懷才不遇，將一肚子牢騷流露筆端，藉文中角色諷事罵人，仍不免深受餘毒。一旦出口罵人，莫不以豬為例。

有人喜歡罵人說：「你真髒，髒得像豬。你的臥室真亂，亂得像豬窩。」事實上，豬愛乾淨，懂得守規矩，是其他動物中少見的，甚至連一些人都比不上。

無論冷熱晴雨，飼主要是偷懶未清掃豬舍，或忘了將牠們「運動場」上的「游泳池」換上潔淨的水，所有的豬隻都會無精打采，食欲不振。如果，你看到哪頭小豬仔尾巴和屁股髒兮兮的，那麼牠一定患了消化不良或其他的毛病才會如此。

才出生幾天的小豬仔，只要教牠一次，牠便能認清什麼地方是睡覺的「臥鋪」，什麼角落是拉屎撒尿的「廁所」，毫不含糊。牠們連喝奶都有一定的規矩，初生的豬仔開始還緊閉著眼睛找奶喝，難免互相搶著奶頭吮奶，但很快便會各自固定下來，誰也不會隨便調換，直到斷奶。

看來，要罵那些不守規矩，不按秩序排隊去搶購折扣商品，去搶購票券的人群，以後可不能再罵他們說，亂哄哄的像一窩豬！因為在這方面，有些人可能連豬都比不上。

家裡曾經養著一隻貓，每當母親調好豬隻飼料，放進豬仔食槽，牠常乘機跳進食槽，張牙舞爪的將進食中的豬仔嚇唬到旁邊，自個兒大嚼特嚼起來。豬仔不抗爭也不吭氣，安靜地等著貓兒飽食後揚長而去，才靠近食槽繼續進食。如此溫順，大概也是家畜中少有的。

也許，有人認為這是豬隻膽小懦弱，但你可曾想到「身為家畜」，要是個個凶狠好鬥，飼主豈有寧日？動物界要論凶狠，老虎獅子夠凶狠吧！說美麗，花豹夠美麗吧！說聰明，猴子夠聰明吧！而今世上的虎獅花豹，已被獵殺得面臨絕種邊緣，猴子的生存活動空間也大大受限，動輒得勞煩動物保育人士出面主持公道哩！

如果硬要說豬不夠聰明，被養得肥肥胖胖的終究不免成為刀俎亡魂，但生受餵養，子孫得以繁衍，不知道能不能算是「傻有傻福」？我覺得，天道也有講理的時候，美麗聰明固可風雲一時；魯鈍憨厚，卻也有得到報償的一刻。不是嗎？

作者母親年輕時在後院空地搭棚養豬

鄉下人過年

潮濕的空氣，細細的雨，連那時停時續的簷滴聲，都會沁人肌膚。左鄰右舍傳出擲骰子的吆喝，象牙骰子撒落陶瓷大碗的鏗鏘，收音機裡的廣播劇，遠處舞獅陣的鑼鼓，鞭炮惹起的狗吠雞叫，孩童嬉戲或爭吵……，很快便組成鄉下過年時聽得最真切、最溫馨的唱曲。

早年那貧窮歲月，過年帶給鄉下孩子最快樂的事，不全在那兩三塊錢的壓歲錢，期待的是有一套新的學生制服穿。當年的卡其布不但洗幾次就褪色，還不斷縮水，媽媽買布縫製的時候都會先行放大尺寸，等著它縮水。於是大年初一穿上身時，衣袖和褲腳總得捲上好幾卷。

課本上讀著的「新年到，新年到，穿新衣，戴新帽」，鄉下孩子過年穿的新衣，正是往後一年上學的制服。

田裡的農作，只忙到年三十中午。然後忙的便是端這碗、捧那盤，在家裡前門拜、後門拜。鄉下人大多清苦，卻窮得很有志氣，欠雜貨店的油錢酒錢蝦米錢，總得在年前想盡辦法清償，說是免掉來年「帶屎氣」。實在週轉不靈的人家，年前免不了有債主輪番上門，因為債主若是過了除夕夜，在大家高高興興迎接新正的時刻上門討債，挨罵挨打都會被認為活該。

當然，免不了有少數人存心賴帳，硬是拖過年不還錢的。聽說，早年村裡就有一戶人家，每年除夕前幾天，都會在大廳裡準備竹編簍子和一把磨得雪亮的菜刀，債主一進門討債，男主人便把竹簍和菜刀捧到面前，擺出一副要剮要剁隨你的德行。嘴裡直嚷著要錢沒有，要命一條，反正人肉鹹鹹。

除夕圍爐，家家戶戶都準備豐盛的菜肴。過去我們鄉下有不少是幾代同堂的大家庭，這些家庭平日三餐都由男丁先上桌，等他們吃飽了才會輪到婦女和小孩。碰到當家老祖宗開明一些的，允許同時用餐，女人和小孩也只能另外夾了菜躲到爐灶間或站或蹲。但除夕圍爐，則無論男女老小都上桌，連嬰兒也不例外。才叫團圓飯。

小孩子在除夕當天能幫忙的，像揀菜洗菜擦桌椅，做來格外勤快，其中剝蛋殼更是很多小孩搶著做，白水煮熟的蛋剝了殼才能滷。平日家裡的雞鴨生蛋要送去賣，過年能留下多少滷蛋早經算計好，搶剝蛋殼圖的正是有些蛋白會黏在蛋殼裡，把那蛋白屑塊摳下塞進嘴裡，可也是額外得來的解饞美味哩！

初一要不要起早床，對鄉下孩子確實為難。起早可以立刻換上新制服和新鞋襪到村子裡炫耀一番，但初一早餐全家只吃半夜裡蒸的米飯和沾醬油的水煮青菜蘿蔔，對才吃過豐盛魚肉幾個小時的孩子，這樣的素食真的不容易下嚥，不如賴著起晚些等吃中飯。反正大人們為了有個好彩頭，初一通常不打罵小孩，了不起作勢比劃連帶恐嚇一句：「再不聽話，就開新正囉！」開新正，指的是打破初一至初五不打罵小孩的慣習。

平常柴火灶煮飯，沒有稀飯也會有米湯，我們宜蘭鄉下有個傳說，指初一要是吃稀飯或喝米湯，出門就會碰到下雨，外出肯定沒有人願意跟你走在一起，所以家家戶戶米飯都改用蒸籠蒸熟。在我出生的壯圍鄉下，有幾戶曾姓人家還守著與眾不同的古例，初一當天婦女不用下廚，起大早只管在臉上塗抹胭脂花粉，等著家中的男性把柴火上灶熱飯菜，算是補償女人家一年的辛勞。可惜這項男性同胞少有的美德，不曾推廣。

過年期間，大多數村人堅持不下田，認為自己沒那麼歹命，所以有些村人從丟下年夜飯飯碗開始，便沒日沒夜的賭起四色牌。賭四色牌大多圍坐在家裡的木板床鋪上，有四十幾歲當了年輕阿公的，大都會刻意蓄一撮鬍子，還在嘴上叨根菸，這時就可以名正言順的在大腿彎處夾個木炭火籠，一面烤火祛寒一面玩四色牌。

如果是大人小孩同樂，玩擲銅板或丟骰子，一翻兩瞪眼，不必費心設局使詐。利用客廳裡圍爐的大桌當賭桌，賭的看的圍一大圈人，那種熱鬧法應該勉強沾得上文人形容的，呼盧喝雉的陣勢。

也有三五個老人聚一塊兒，拉大殼弦、彈月琴，扯開嗓門唱小曲的；鄉下住有國術師傅的竹圍，平時掛在牆上打瞌睡的獅頭，這時節可風光了。幾個年輕人耍弄開來，到農會、剃頭店、碾米廠、村長開的小雜貨店門前，敲鑼打鼓比劃幾招，便有賞金可討。舞獅照例放很多鞭炮，地上會留下一些未爆炸的零星炮竹，孩子們爭先恐後的撿拾，好用來點放嚇人。

在那個全村絕大部分人都不識字的年代，少數上了初中的孩子便是村中的「知識份子」，平日看多了城市裡的風景，當然比鄉下的父兄現代化，看著人家賭兩回覺得沒什麼興味，便結伴騎著腳踏車到宜蘭街上看電影。

大年初二，帶出嫁的姑媽回娘家，是鄉下老習俗。每年和大弟合騎一輛腳踏車，到大福海邊請姑媽回家成了功課，不管姑媽回不回家，照例會給紅包，會端出擺滿八仙桌的魚肉大餐請我們這兩個小客人。行前祖母和媽媽再三叮嚀，過年出門當客人，碗盤瓢勺要抓牢，千萬不能打破，否則姑媽家會變得很窮。多窮？祖母和媽媽只一再強調說很窮很窮。

對一個孩子而言，檜木製作的八仙桌，粗壯又高大，坐著的長條板凳則又窄又矮，有一年為了貪一塊雞腿肉，手肘收回來正好掃到弟弟的飯碗，一聲響便碎裂一地。姑丈姑媽都說沒關係，自己卻嚇得眼淚都掉下來，弟弟還補了一句：「你會害姑媽很窮很窮。」

姑媽安慰我說：「不用怕，我這房子是租的，錢是借來的，連八仙桌都是主人留下的，已經這麼窮了，還能窮到哪裡，不怕。」她摸摸我的頭，看著我繼續扒飯，才轉身到鄰家去賭四色牌。臨走還再三交代，回家可不能說姑媽去賭錢。

多少年過著，心底不免有個疙瘩，總希望成天騎腳踏車載著木頭箱子幫人治療蛀牙、做齒模的姑丈，能夠賺大錢。後來，姑丈的鹵模生意雖然沒賺大錢，倒是表哥和表弟養鰻魚成了有錢人，心頭那片陰影才淡去。

有一些勤快的村人，不到初五便跪在映著冷冷天光的秧田裡除草。這時候媽媽著手結算孩子們的壓歲錢，多少可以湊一點開學時的簿本錢。

鄉公所開始上班的第一天，照例請到照相師傅抱著蒙了黑布的大箱子，在鄉公所的廣場上照相。員工二、三十人，各課室主管坐在第一排，其他人就站在二、三排，第二排站在地上，最後面的第三排必須搬出凳子站在上頭。

其實站在照相師傅屁股後面的人群，往往比鏡頭前面排的人多，因為照相的場景一年就那麼一回，難得一見哩！尤其，照相師傅的那個箱子實在奇妙，鄉公所的那些人映在裡頭，竟然都成了倒立的妖怪。

當照相師傅喊一聲「看這裡、不要動」時，木箱子前後的人群，目標一致的朝著照相師傅手指上金光閃閃的印章戒指注目，誰都不敢眨眼。「嚓」一聲響起，大家的年便跟著結束了。當然，部分農閒的村人會繼續賭到元宵，才算過完年。

這些都是四、五〇年代的往事了，那樣簡簡單單的年，回憶起來卻津津有味。後來再回鄉下過年，就感受不到那種趣味，雖然照樣有人賭博，但更多的人會對著電視螢光幕引吭高歌，幾乎分不出什麼鄉下或城市，當然也分不出平時或過年，鄉下的年似乎越來越不稀奇了。

淡去的年味

宜蘭這個被山海包抄的小小平原，曾經承襲著不少年節習俗和場景。近些年，穿透大山的隧道雖然像支吸管，吸進一些新奇古怪；可也宛若煙囪，把平原獨特的味道逐一發散。

以前的宜蘭人，等過年才有齊全的糕點串成順口溜——發粿發財，甜粿壓年，包仔粿包金，菜頭粿吃點心。現在天天有漢堡、薯條和炸雞，誰也不必學老饕蹲在灶前，盯住蒸籠流口水。

從沒有電視到極少頻道的年代，宜蘭人過年都會有很多鄰居和親戚，有四色牌，有粗陶碗公和骰子，以及一整棟瓦厝一整座竹圍的歡笑；來了沒日沒夜的電視節目，有了政府找來藝人唱歌耍寶說是過歡樂年，鄰居親戚不見了，年輕孩子連圍爐都如坐針氈。

所幸父母還記得提醒孩子，過年不能講粗話，不與人爭吵，要多說吉祥話。弟弟五歲那年臘月，成為堂哥訂親隊伍裡的一員，學到許多吉祥話。大年初一，鄰居阿婆塞粒糖果到弟弟嘴裡，他趕緊吸住口水說：「我嘴吃甜甜，明年你會生雙生。」

老太太不以為忤，笑說能生雙胞胎，顯然不老！

我們鄉下，有個寡母辛苦把兒子養大，兒子在台北發了財，娶到漂亮媳婦。老媽媽天天盼的就是過年，等年輕人回來多住幾天；而媳婦最怕的正是過年，從早到晚要跟著婆婆在油煙中打轉，還忙著拜這個拜那個。

去年春節，兒子想出辦法，要帶媽媽一起出國旅遊。老媽說，牌位上的老祖宗得有人陪著過年。兒子只好塞了一疊紅包，說是替代拜拜的牲禮菜肴，請神明、地基主和老祖宗自己做主，想吃什麼買什麼。媽媽不必忙著煮一大堆，一個人到元宵還吃不完。

兒子出國回來，瞧見冰箱裡僅剩些許滷味，高興地要媽媽拿紅包裡的一萬多塊錢去添衣物。老媽媽問哪來的一萬多塊錢？兒子說，就是年前替代牲禮菜肴的紅包呀！每個紅包都裝了三千六百元呀！

老媽媽回答，照規矩拜完就燒給神明，燒給老祖宗，燒給地基主了！

到了初四接神，設有籤詩的廟宇要擲筊抽出八支頭籤。預卜來年早期作、晚期作、山產、海產、六畜等運勢。我發現住家附近王公廟的頭籤，和街上王公廟抽出的，內容並不一樣。廟公解釋：「神明各有管轄，地頭不同運勢當然也不同。好比自家兄弟，遭遇總有好有壞。」

貼在廟裡一整年的頭籤，寫的不管是風調雨順或旱澇蟲害，大家照樣孜孜矻矻地耕耘那塊土地，從不與氣象資料評比，也使這年俗能夠長久傳續。

等到民國一百年

唐山的名字叫民國

村裡的人，原本只知道隔著汪洋大海，有個中國皇帝，有個日本天皇，有個美國總統，他們各自管轄統領了一大片土地。其中，距離比較近的，應該是那個同樣住了很多窮人家的唐山。直到台灣光復，大家才曉得那個叫唐山的地方，另外有個名字叫民國。除了熟知的昭和二十年，竟然還有個民國三十四年。

於是，許許多多人事地物的未來，很容易就被安上：等到民國一百年吧！用這樣的字眼，既是自己對生活的遐想和憧憬，也作為譏諷他人好高鶩遠或空思妄想的用語。

我家住在鄉公所對街，村人對這一排房子的居民，總用著羨慕的眼光看待。因為在那個全鄉大多是文盲的民國四〇年代、五〇年代，鄉公所幾乎是知識、文化、生活已跟上時代水平的象徵，廣場的水泥圍牆邊不但豎著一盞全鄉罕見的路燈，一具綠色的郵筒，還用木材建了一面比學校黑板大許多的公告欄。讓對街的居民們不管識字與否，天天都能夠面對一張又一張寫滿文字、蓋著紅色大官印的公告。

無論大張小張，用毛筆書寫或用蠟紙刻寫再油印出來的公告，都少不了縣長、法院院長、團管區司令、鄉長這些大人物的簽名。這樣的公告看多了，好像自己的見識也會跟著高人一等。

每一年元旦或第二天，鄉公所全體員工必定要搬出一些椅子和長條板凳，在大門口排成階梯形式，然後或坐或站的由宜蘭街找來的照相師拍一張團體照。

這是日據時代庄役場留下來的傳統，在剛換成民國的第一個元旦，團體照裡那塊鄉公所檜木銜牌，已經重新鉋過寫過，寫的卻是「台灣省壯圍庄役場」。

不僅銜牌沿用了「庄役場」這樣的名詞，連員工的穿著都映現出那個青黃不接的年代。有人穿著西裝，有人穿著中山裝，以及類似日本大學生制服的；也有人穿著日軍留下的制服，兩腳裹著長長的綁腿，只差頭上沒戴軍帽，腰間沒佩軍刀。

但不管穿什麼衣服，都比整天穿著薄短褲、打赤腳下田的村人體面拉風。只是在那些光鮮的衣著底下，大多的公務員仍懷著忐忑不安的心情。因為光復當初幾個月，一直沒能領到薪水，少數人不忍家人挨餓受凍，乾脆棄職改行「跑野米」。

跑是台語，野米是日本話，意思是從事運送私貨。就是利用宜蘭沿海漁船，航行到琉球去走私美軍的軍毯和毛料大衣。

他們的想法是，日本人走得慌亂，而新來的民國根本自顧不暇，任何人窩在一個海島上這麼偏遠的後山鄉野，想安安穩穩地領薪水，恐怕有得等，不知道得等到民國哪一年。

也許，等到民國一百年這樣的字句，就是從這裡傳開的。

但忠於職守的員工畢竟多數，這一年一度的拍照，並沒有因為領不到薪水而停頓，附近居民也照舊圍觀看熱鬧。

三歲娃要做總統

有一年元旦，三歲的弟弟穿著一件媽媽改製的燈芯絨水兵服，渾身閃著艷藍色的光澤，手裡緊握著一顆金黃的椪柑，站在圍觀人群前面。

他立刻成了鄉公所那些叔叔伯伯們拍照前後逗弄的目標，幾乎每個大人都會忍不住伸手撫摸弟弟那尖突的腦袋瓜。

弟弟有這樣的腦袋瓜，可能是度晬放進澡盆的水煮雞蛋和鴨蛋，曾經過特別挑選，所以他真的長成習俗所稱頌的「雞蛋面、鴨蛋身」。有雞蛋面的孩子，整個腦袋宛如端陽節午時豎起來的雞蛋，頭頂總是比別人尖突。

大人們都說，光憑這個尖腦袋，這孩子長大了一定會當總統，但目前孩子年紀還太小，也許得等到民國一百年吧！

等到民國一百年？那究竟要等多久呢？吃橘子時嘴角會流淌口涎的弟弟當然不懂，我雖然多幾歲，也想不明白。總之，從大人的口氣中不難了解，必須等很久，有可能要等二十年、三十年、四十年、五十年，或是更久也不一定。

但不管還要等多久，弟弟從此有了大志氣。每次遊戲，也不管當時天氣有多熱，弟弟從不忘記把他那夾帶著乳臭和尿臊味的小小百衲被，一端繫在頸脖上，當成大人物身上才有的披風。聽大人說，總統身上那件披風，能夠抵擋任何方向射出來的子彈。

其實，村人不曾親眼見過總統，只看過鄉公所和小學裡的照片及銅像。有人說，總統先生臉色紅潤，卻只喝白開水；也有人說，那不是白開水，是熬煮的人蔘湯。

關於後者，我並不相信。因為弟弟臉色紅潤，就是喜歡喝白開水，偶爾沖泡一碗煉乳當點心。有時候，媽媽要他喝點薑湯止咳，或喝點夾雜中藥味道的湯汁，他總是把牙關咬得死緊。

除了弟弟，村裡想當大人物的，還有一些人。

某一年，有個戴著眼鏡的省主席下鄉巡視，在鄉公所廣場種下一棵樟樹。警察要對街地上鋪報紙擺糖果攤的阿接哥收拾鋪蓋，對街整排住戶也被要求暫時不要出門，只能從自家的門窗朝廣場觀望。

臨時棲身在小吃店的阿接哥，偷偷地告訴我們這群光顧過糖果攤的小蘿蔔頭說，省主席又不是總統，竟然可以這麼神氣，總有一天他也要當個省主席。

消息走漏，村長和一些村人都嗤之以鼻，笑阿接哥頭殼肯定壞掉。說憑他那個德行想當省主席，大概等到民國一百年也當不了。

聽大人這麼說，我們又跑去問阿接哥，既然要當省主席，為什麼還要等那麼久？

阿接哥張著大嘴，露出殘缺不全又被土製捲菸薰成黃褐色的牙齒哈哈大笑，然後正色地要求大家，想要知道答案的，必須伸出右手小指頭跟他打勾勾，對天發誓絕對保守秘密。

等他和我們一個個打完勾勾之後，即張開雙臂把幾個小腦袋攏在一起，細聲細氣地說：「因為我同樣長著小眼睛，同樣禿著頭，所以同樣會當省主席。為什麼要等久一點，主要是必須等我的頭髮再禿掉一些些，同時多賣點糖果多存點錢，到宜蘭街配一副牛角框架的眼鏡戴著才行。」

不當官就當有錢人

當然也有村人明白，自己並不適合當大官，卻日夜想著能變成一個有錢人。例如阿春姨的兒子，當兵回來便三天兩頭往宜蘭街跑，說是去學做生意好賺大錢。實際卻是躲到市場裡賭博，而且陸續輸了很多錢。家裡的錢輸光了，又東挪西借欠下一屁股債。

廟公覺得阿春姨可憐，便勸她：「我說阿春仔，妳都幾歲的人了，自己身體可要顧呀！這麼沒日沒夜的養豬母生豬仔，就奢想幫妳兒子還清債務，恐怕得養到民國一百年才還得了。唉，少年仔不曉事，讓他自己去受苦吧！」

阿春姨總是說：「兒子是自己生養的，做好做歹怨不了誰，只希望他能夠從此戒掉賭博，乖乖在家養豬種菜，一筆一筆把債清了，那就謝天謝地了。」

這個好賭的兒子，賭債欠多了人家不讓再賭，只要見到人即追著討錢，才迫使他安份地待在鄉下種菜。這個年輕人嘴巴甜，總不忘安慰他母親，表示自己總有一天會成為王永慶第二。

村人偷偷笑說，這下子阿春姨得好好活到民國一百年，才有希望看到兒子像王永慶那麼有錢。因為，前面幾十年要還債務，後面繼續努力幾十年才可能賺錢致富。

但等到阿春姨夫妻陸續閉上眼睛，這個兒子立刻把房子和田地給賣了去清償賭債，從此不用再躲躲藏藏，卻變成一個孤伶伶的羅漢腳，四處去混個飯吃。

在那種大家都窮苦的年代，村人除了在言語對話上找樂趣，還會設法去找些能夠讓自己覺得幸福的夢做一做。

春牛圖可揩屁股

我讀的小學附近，有條糖廠運甘蔗的五分仔車軌道。鐵軌在光復前兩年被日本人拆去建軍事坑道和碉堡，只留下跨過宜蘭河上的鐵路橋，供兩岸的村人和棺木通行。這樣一座離水面相當高，且橋面狹窄，兩側又無護欄的長橋，幾乎成為學生們冒險練膽的遊戲場。

有一回放學，住在對岸村莊的兩個同學，邀班上幾個好朋友過河去玩。其中，林姓同學的阿公當過村長，全家住在磚瓦房裡，一大排房子有正廳有廂房，各自的門楣上都還留有過年時張貼的春聯。客廳的磚牆上，貼著一張粉紅色單光紙印刷的「春牛圖」，那是當時一個省議員送給家戶的文宣品，方便農民查閱節氣。

轉往朱姓同學家時，遠遠只望見田野中一間低矮的茅草屋。土墼砌成的牆壁和門框上，連沿襲日本人掛在門楣上寫有戶長某某某的那種「家甲牌」都看不到。走進低矮陰暗的屋裡，才發現家裡看不到任何紙筆，甚至連春牛圖都沒有。

朱同學說：「每年過年，我阿公都會用飯粒把春聯和春牛圖黏貼在土墼牆上，可隔不了多久就掉下來，我和弟弟便搶著撕開，春聯摺紙飛機，而那春牛圖則拿來取代揩屁股的竹篾。一年才有一次機會用到的高級品哩！」

全家日常唯一能夠看到紙張和文字的地方，只有一張老舊的觀音菩薩畫像上端，印著「祖德流芳」四個大字。朱同學笑著說：「村裡很多人貼著春牛圖，其實是貼好看的，因為上面畫有十二生肖圖呀！像我們家，老老小小只有我一個人讀書，卻也認不了多少字，聽我阿爸說，我們家的老祖宗從來就沒有人識字呀！」

他還告訴我們：「幾年前鄉公所的人到家裡來通知，說我超過入學年齡好幾歲，不能不上學了。我阿公和阿爸還不樂意地回嘴，理直氣壯地表示，家裡窮得連地瓜稀飯都快沒得吃，拿什麼讓孩子讀書？讀書又不能當飯吃。要讀書可以，等到民國一百年家裡有錢了再說吧！還好老村長想讓孫子上學有個伴，三番兩次帶林同學到我家，來勸我阿公和阿爸，他們才點頭讓我上學。」

這朱同學年齡大其他同學幾歲，個子又長得粗壯，卻不怎麼喜歡把精神花在課本上。老師常說他，上課時人坐在教室裡，三魂七魄卻飛到操場上。

還有一個學期，朱同學把國語作業和算術作業當作美勞課，國語作業簿裡畫了許多水牛吃草、滾浴、狂奔和相鬥的畫面；數學本子則是畫著喪家作法事時的牛頭馬面，以及十殿閻羅。實在把老師氣壞了，不但用教鞭在他屁股上重重地抽了好幾下，還罵他笨得像牛。

等他屁股上的鞭痕消褪後，便留下一個「憨牛」的綽號。後來，連他阿公、阿爸都這麼叫他。他老爸還跟導師說：「兒子是自己生的，當然知道兒子跟自己一樣是手拿鋤頭背朝天的料子，何況古人早說了『牛牽到北京還是牛』，難不成你還能教一頭牛進京趕考？唉，看破了，怕是再讀到民國一百年也沒多大用。」

對一個放學回家必須放牛的孩子來說，朱同學對憨牛這個綽號並不在意，反而告訴我：「老師只想到把朱字底下左右兩撇拿掉，讓我變成一頭牛，卻沒想到應該罵我笨得像豬才對，因為國語的朱和豬，讀來讀去都一樣。更何況你們每回玩騎馬打仗，不都是拉著我大聲喊『殺朱拔毛、殺豬拔毛』嗎？」

我奇怪被罵成笨豬有什麼好？他說：「牛只喝水吃草，便長得壯壯的，就能夠勤快的犁田拖碌碡，要牠走要牠停，要牠左彎右拐，牠全聽主人的，當然比豬聰明多了。再說，牛屎也不會像豬屎那麼臭，而且曬乾了還可以當柴火燒。你說說看，當老師的怎麼可以隨便罵牛笨呢？」

聽完這番話，我突然覺得憨牛一點都不笨，應當是老師打錯人罵錯人了。

果然，沒有等到民國一百年，這個被老師罵說笨得像牛的同學，經過夜校、補校、大學夜間部、研究所等連番苦讀，最後當上一所大學的教授。

希望無窮，歲月卻不饒人

幾個月前，我和幾個小學同學互相邀約，一起到圖書館聽這個老同學演講，也許是大家多年未見，竟然有人脫口叫他「牛教授」。他笑呵呵地說：「不要忘了哦！牛比豬聰明，而且耐拖耐磨哩！」

他演講說的，正是等到民國一百年這樣的話題。他還記得，將近一個甲子前一群同學到他家裡玩的情景。他說家中除了老師發給他的課本和作業簿，根本找不到其他書籍紙筆，所以往後的幾十年，他不得不拚命地鑽到書堆裡頭，想彌補這個缺憾。可萬萬沒想到幾十年過去，卻發現時光倒流，現代人竟然也可以不用紙筆和書籍。

他跟所有聽眾說，等到民國一百年過後，全世界圖書館大門的銜牌，都應該添加兩個字，叫做圖書博物館。學生們走進圖書館，老師便會從書架上抽出一本書告訴大家，這本用一疊紙張印刷後裝訂的冊子，就叫書，大家可以輪流摸摸看、翻翻看。老師也會告訴大家說，這些架子上和櫃子裡的冊子，都是人類自古以來累積的智慧結晶。老師還會教學生們說，他手上拿的這一本書，是四百多年前明朝作家寫的《西遊記》，旁邊那一本寫的時間更早，它叫《三國演義》。無論古今中外的書籍，從各位口袋裡的電子書，都能夠搜尋得到，幾座圖書館的藏書也不可能比電子書收錄的多，端看自己是不是勤於去讀它。

我這個老同學在結論時指出，過了民國一百年以後，可能越來越不容易看到用紙筆書寫的文字，以及紙本書籍了。

其實呀！到了民國一百年，人們陸續失去的何止書籍；事事物物一旦成為過去了，誰會去記省那是民國幾年。

所以弟弟一直沒有當總統，阿春姨那個好賭的兒子也沒能成為王永慶第二。那個和省主席一樣長著小眼睛和禿頭的阿接哥，大概只隔了十來年，便因為渾身水腫，膚色黃蠟蠟地進了墳地，並沒有等到民國一百年。

可照舊有很多人會做著類似的夢境。

村長的兒子，曾偷偷地在老爸的雜貨店門柱上，用紅色蠟筆寫著「紅毛百貨公司」。村人笑說，那要等到民國一百年。

警察分駐所的所長，每次喝醉酒都用哨子把我們這群蘿蔔頭集合訓話，說自己是警務處長，要派這個孩子當縣警察局長，派那個孩子當分局長。村人笑說，那要等到民國一百年。

在那個年代，大概只有「一年準備，兩年反攻，三年掃蕩，五年成功」這一樁事兒，大家不敢用「等到民國一百年」去搭腔。民國三十九年沒人敢用這句話去搭腔，到了民國四十年、五十年、六十年、七十年，都沒有人敢用這句話去妄加註解。

直到民國八十年，在村裡雖然還留著「等到民國一百年」這句口頭禪，可沒想到一下子真的就等到了一百年，當然更不會有人想到什麼時候反攻大陸這樣的話了。

可見過去大家想要的、想做的，不一定要得到、做得到；過去不曾去想的，在不知不覺間，卻接連著到來。人生希望無窮，歲月卻一絲絲都不肯饒人，每每稍縱即逝。

難怪村裡的老人總勸年輕人說，溜回水裡的，總是比網到的多，千萬別東嫌西嫌，菜脯根也能嚼個鹹。

這回，過了民國一百年，不知道村人還會不會想起過去掛在嘴邊幾十年的口頭禪？也許，到時候得改個字眼說——等到民國兩百年吧！

第三輯

迷宮

從小礁溪回宜蘭，穿過一條峽谷地帶，再繞經枕頭山下的公路，常是車少人少的。公路一邊近山，一邊彎曲著柔美的腰身，像池塘裡覓食的水蛇。我發現其中一條伸進果樹林的岔路更美，它引領我深入一座神秘的迷宮。

只容一輛汽車行駛的小路，兩旁全是圍著綠籬的果園。要會車得提前找地方，最理想的是路邊農家門前的小空地。

在都市裡住久了，對季節的研判常是笨拙的。只有冬天例外，那是果樹林迷宮最華麗的季節。尤其快過年的時候，我喜歡把車開進這條路，心裡的感覺，彷彿走進一個只屬於自己的天地。長著濃綠枝葉的柳橙樹，正在園裡過著歡樂節慶，連最隱密的角落，都不忘張燈結綵。

那些只在夏天裡不斷散發出香氣的小白花，竟然奇蹟似的結成一粒粒圓碩亮麗的果實，掛得到處都是，有的還跨過綠籬，探到路邊邊。

稍早一些時候，開車的人最容易遇到麻煩的日子，是柿子採收期。高大的柿子樹，從小被當作綠籬的一份子和金露花一起栽種長大，然後它高過金露花好幾倍，就結柿子。

人們採收柿子，必須用梯子。梯子架在路中間，人站在梯子頂端，和結柿子的枝條仍有一些距離。農人在一根竹竿頂端綁著磨利的鐮刀，同時緊繫一只小布袋。鐮刀朝結柿子的枝條一勾一扯，柿子便掉進袋裡。當然也有例外，那柿子會篤的一聲，重重的掉落地面。

採下的柿子，都是帶著些鵝黃的皮色，要回去存放一段時間，經過去澀處理後，才會變成紅熟。

每年新春，小路邊的農家，都會就地攤賣著剛從果園裡摘下的柳橙或金棗。有的也讓人跑到果園裡，自己挑著摘。

我認識一個種柳橙和楊桃的農夫，他告訴我說，如果他們載到市場去賣，就連工錢都賺不回來。大多數的人，希望有人買走果園土地，而不是種更多的果樹，長更多的水果。

春天只剩個尾巴的時候，小路上到處瀰漫濃郁的酒香，夾雜一些水果熟透的霉腐氣味，熏得人頭昏。

朋友帶我到附近的刺仔崙橋，讓我看橋下河床堆成小山丘的黃柳橙。這些被丟棄的柳橙，有的還套著透明的塑膠袋，部分壓擠變形的球體上，長著白色或微帶綠色的纖毛。

細小的水流繞著柳橙山丘的腳下流過。偶爾沖走幾粒，它們載浮載沈的隨波而下，也有些沒流多遠便被石頭或雜草攔住，一粒兩粒的又聚成一小撮，跟著水流的緩急和水波蕩動，搖擺或打轉。

還有一天，朋友邀我到二湖去看一片剛廢棄的楊桃園。只見一行行一列列鋸剩的樹根頭，像排隊盤坐在山坡上慷慨就義，被砍去頭顱的兵士。在野草被踩平的坡地，還有殘缺的枝葉舉向空中，任風吹拂。稍粗的枝幹，均被裁鋸成薪柴，堆在路邊。

朋友苦笑說，每年賣完楊桃，還得賠肥料錢，這回鋸下枝幹，供人烘焙香菇算是淨賺。我很想告訴我的農夫朋友，眼前是一個橫屍遍野的刑場。

從那以後，我不再跟朋友到二湖。每回吃楊桃，腦子裡便映現一個畫面，一堆楊桃枝幹被塞進烘焙香菇的大灶裡，嘶嘶的冒著青煙。

不過，由小礁溪回宜蘭，我還是喜歡走岔路繞經枕頭山下，深入那座神秘的迷宮。

只是心情總是矛盾的。怕沒有嗅到小白花的芳香，怕沒有人在路上架起梯子，怕農家門前不再攤賣剛採收的柳橙或柿子。

捆著大山的絲帶

「鬼仔火！來去看鬼仔火賽跑囉！」

村裡幾個小孩，一起坐在鄉農會門口台階上，遠望著天邊時隱時現、飄浮不定的橘紅光點競相追逐。這曾經是我兒時晚飯後、睡覺前的遊戲，事後每個人還會到處向人誇口說：「我看過鬼火賽跑。」

民國四〇年代，宜蘭鄉下很多人家裝不起電燈，更別說路燈。天高地闊的田野，到了晚上立刻陷落在漫無邊際的黑暗裡，不知名的小蟲子嘰嘰吱吱地吵成一團，偶爾穿插幾聲孤鳥的哀鳴。村裡的孩子無處可去，農會門口的水泥台階自然成為聚會所，大家坐上台階，正好望見忽隱又忽現的鬼火在天邊戲耍。

平原三面被遠山像圍牆那樣攔住，從蘇澳一路緊緊地攬到鵠仔山還不放手。夜裡偏北那截墨黑的山影間，經常映現著和天空星星不一樣的星朵，顏色橘紅，且閃爍得厲害。像在溪河裡玩捉迷藏，這頭潛進去，直直憋了好長一口氣，才從那頭浮現。

黑色山影裡出沒的奇怪星星，往往把村裡的孩子逗得滿腦袋問號。小孩子怕鬼，便咬定天邊那些亮光是鬼火。只是那些閃爍游移的鬼火，距離遠才沒人會怕，大家看野台戲那樣，邊看邊說笑邊打鬧。

水旺仔說：「應該是星星。」臭屁成隨即反駁：「肯定是鬼火，星星才不會動來動去！」廟公的孫子看法跟兩人不同，他說：「我阿公認為橘紅色是神明火，鬼火應當是青粼粼很嚇人才對。」

臭屁成不服氣地說：「鬼最會假裝，像老師說的虎姑婆那樣，何況他們本來就有青面鬼、紅面鬼。」

每天晚上，大家總是又害怕又想編個鬼故事去嚇唬別人。其中，最會編故事的當數臭屁成，得了他老媽阿春姨愛說話的真傳。

平日裡，看到的橘紅色燈火不出三兩粒，時高時低，時亮時暗，有些冷清。但偶爾會有一兩個晚上，鬼火彷彿過什麼節慶，會同時在好幾處出現，高高低低追來追去，令人目不暇給。

「你們看，最高的那一粒是三太子，咱王公廟的大將，祂能夠飛天土遁，還能隱身，很會捉鬼，」廟公的孫子突然睜大眼睛，認真地用手指向那比較高、閃爍得比較厲害的光點：「看！你們看！三太子的赤兔馬跑得多快呀！下面那兩三粒鬼火很快就會被赤兔馬追上——」

「哼！你又不是臭屁成，專門亂彈臭屁。赤兔馬是關聖帝君騎的，三太子駛的是風火輪才對啦！笨蛋！」水旺仔兜頭潑下一盆冷水。

廟公的孫子不服氣地回一句：「有些時候，三太子可以向關公借來騎呀！」接在你一句、我一句的唇槍舌劍之後，手裡的竹扇跟著成為說服對方的武器。使農會門口的台階上，像戲台那樣文的武的全上場。

直到暑假快結束的一個晚上，臭屁成等不及大家坐定位，便像老師那樣站起來向大家宣佈：「我老母講，天邊那些亮光不是什麼鬼火，是台北來的貨車車燈啦！它們必須繞著彎彎曲曲的北宜公路下來。」

如同晴天霹靂，大家驚愕噤聲好一陣子，才由水旺仔開口發難：「人都說阿春姨愛講話，才生下你這個臭屁成。騙誰呀！汽車又不是鄉公所那個酒醉課長騎的孔明車，只有一盞燈？」

「我問過我老母，她說那車燈遠在天邊的山上，當然看不出是一對。」

從此，我和玩伴們夜晚的遊戲就換了花樣，輪由我弟弟他們那批流鼻涕的小毛頭，去看鬼火賽跑。

五〇年代初期，我高中畢業到台北讀書時，爸媽一再叮嚀我坐火車。因為，走過北宜公路的人總是說：「太危險了！這條老命簡直是撿回來的呀！」也有人形容那段九彎十八拐說：「車子像廖添丁飛簷走壁那般，唰地彎過來、咻地拐過去，南蛇爬上牆壁也沒那麼驚險，很多車子一不小心便翻落山崖。」還有人透露：「如果開車的司機忘了撒紙錢，買通沿途的妖魔鬼怪，整輛車都會噩運連連。」

後來想起這些傳言，覺得有點道理。在那個年代，有機會走出這個靠山面海的平原，到台北看花花世界的鄉下人，畢竟不多。這樣的人，如果不誇張一下自己的遭遇，怎能讓別人知道他去過大都會？

但像我這種出門在外，難得有機會回家的人，傳言根本攔不住似箭歸心。遇到火車班次太少，北宜公路的公路局班車當然列入選擇。雖然，早年的北宜公路又窄又彎，全程石子路面，班車若是正巧跟在其他車輛後面，前車揚起的灰塵，很快灑得整車廂的人灰頭土臉。

七十幾公里路，只有部分視線不良的連續轉彎，或是陡坡路段，才會在路基中央埋下較大的卵石，再鋪上兩條薄薄的水泥車帶。我稱它水泥車帶，是只在路面鋪出兩條不到兩台尺寬的水泥路面，平行地朝前蜿蜒。司機必須時時刻刻將兩側輪胎對準那狹窄的帶狀水泥路面駛去，才能降低車廂搖晃跳動程度。

這種克難路面，僅比石子路面好一些，車子拐個急轉彎或越過窟窿，行李架上的大小包包，照樣蹦下來砸在乘客身上。我曾經看過前座的男子，被包袱裡掉出來的瓶子淋了半邊臉的辣椒醬。包袱主人趕緊掏出小手絹幫那男子擦拭，沒想到一擦擦出個紅臉關公，尤其男子那雙生氣而睜得大大的眼睛，經辣椒醬一抹，很快只能皺起眉頭，朝兩邊瞇成長長的鳳眼，還真有幾分像戲台上的關公。原先那些暈得七葷八素的乘客，個個摀住嘴，想吐又想笑。

搭乘北宜公路客運車，令人害怕的就是暈車。一趟車坐下來，左顛右簸、上蹦下跳、前俯後仰地反覆折騰，一旦有人發難，嘔吐很快傳染開來，整車廂都瀰漫著酸臭難聞的味道。

曾經有個老太太帶孫子坐在鄰座，那男童原先高高興興地朝著車窗外看風景，隔沒多久便從飯菜、麵包吐到只剩酸水，紅潤的臉蛋變得白蠟蠟地，緊閉著雙眼斜倚在他阿嬤的腿上，卻還不忘問他阿嬤：「我吐那麼多，是不是連腸子和心肝都吐掉了？」

老人家輕輕拍著小孫子的肩膀，笑著安慰他：「不會，不會！你乖乖地再睡一下就到了，到宜蘭我們再也不坐這個車了。」其實老太太的臉色跟大多數人一樣，一陣白一陣青，還不斷地深呼吸喘大氣。

有一回，我搭的班車在坪林和小格頭之間遇到濃霧，車廂外的景物全部失去蹤影，整個天地遭白茫茫的雲霧充塞，只剩車廂裡的人勉強辨識彼此。大白天，客車亮起車頭大燈，卻也只能循著前方四、五公尺處的路面標線，朝前慢慢行駛。有乘客不斷地站起身子朝前探看，好像這樣就能夠幫司機一些忙。沒有人吭聲，人車彷彿遊走在一場大夢裡。

過了很多年，自己會開車之後，睡覺時還會夢見自己糊里糊塗地把車開進那片白茫茫的雲霧裡，只能盯著路面一小截雙黃線持續前進，任憑我怎麼踩煞車也煞不住，更不知道車子要駛向何方，直到轟然一聲驚醒過來。

我曾經由日本京都搭幾個小時的遊覽車，一路玩到箱根溫泉。車過靜岡沒多久開始爬坡。

這條日本國道，是兩線道的山路，彎彎曲曲地爬升酷似北宜公路，車道的寬度則不及北宜。當時接近黃昏，上山車輛排著隊依序行駛，下山車道則空空蕩蕩。路面分隔車道的黃線，猶如一道深溝，沒有任何車輛敢越雷池。車隊順暢前行，當然不會出現北宜公路上常見的緊急煞車，或猛烈閃避的鏡頭。全車乘客，安心閒適地欣賞著車裡的電視影集，或窗外的風景。

日本回來後，我常把這段見聞說給朋友聽，朋友們的回應是：「對呀！大家不跨越雙黃線侵入來車道，北宜公路也是一條安全又美麗的山路呀！」

現在的北宜公路，許多彎道已經拓寬，雖然迴頭彎還是迴頭彎，該左拐右拐的還是左拐右拐，但路面已經鋪得油緞緞，整條路彷彿捆著蒼翠大山作為禮物的絲帶。路邊種植漂亮的花木，開車經過不再那麼緊張，乘客也可以安心閒適地欣賞風景。自備車輛的遊客，紛紛把沿線山澗溪谷當作郊遊景點，才驚訝地發現那些隱藏在山村裡的老住戶，竟然都是桃花源裡的居民。

這些年，人們把層層疊疊的群山肚子挖個大洞，鑿出一條直溜溜的高速公路。看來，大多數人很快會忘掉原先這條越來越美麗的山路了。尤其宜蘭平原處處燈火通明，樓房櫛比，從平野上已經不容易望見行駛在九彎十八拐路上的車燈。無論是我的或是臭屁成、廟公的孫子、水旺仔他們的孩子和孫子，都不可能找到三太子的神明火或妖魔鬼怪的鬼火了。

真是可惜呀！將來所有的孩子們，大概沒有什麼機會聽到，有哪個老人家能夠絮絮叨叨地把這條拐過來又彎過去的北宜公路，當作一本故事書那樣來敘說了。

像新似舊的街市

1

宜蘭舊城區原有不少磚牆瓦頂，間夾著原木樓梯樓板的二樓房屋，近些年已逐漸被更高的鋼筋水泥樓房取代。可上點歲數的人都知道，還是有部分老房舍間雜其間，不過是讓外表的假象所蒙蔽，很難辨出它的新舊。

整排整排鱗次櫛比的房屋，幾乎全遭五彩繽紛妖嬈古怪的招牌遮蓋，必須找些漏洞去瞧個仔細，始能分辨一二。大概只有零星幾間沒被招牌摀住臉孔的，才容易認出它是上了年紀的老骨董。

不，應該說它是卸下妝扮、洗淨鉛華，露出本來面貌，教人清楚瞧見僅存的華麗和尊嚴。看來，任何事事物物橫遭歲月戲弄摧殘後，再怎麼塗紅抹綠，雖能粉飾一時，終究遮掩不了時光刻劃的跡痕。

舊城中央的大街，與媽祖宮站在同一排的兩層樓房，有間樓下開電器行的，曾經是一個鄉下孩子首次體驗繁華街景的地方。整整一甲子前，屋裡那架逼仄陡峭且不時叫出吱吱聲響的木板樓梯，在這個鄉下孩童的心底，無異是想像裡的夢幻階梯，無異於戲台上孫悟空那一溜觔斗雲。

不管用左腳或右腳踩踏，他每踩上一階，都要讓雙腳同時停留片刻，並低下頭方便側耳傾聽，那類似鄉野穹蒼所傳來的雲雀啁啾。他以為，這樣才能留下印記，才能夠把那奇特的聲音和夢想一併銘記在心底，好向其他童伴轉述炫耀。儘管後來他登過更高更長更寬闊更漂亮的樓梯，搭乘過快速又舒適的電梯，卻始終忘不了這座窄小的木板樓梯。

那富有彈性的樓板所發出的聲音，連帶樓梯上那只昏黃暗淡、時不時眨著眼睛的小小燈泡，似乎一直應和著這個孩童胸腔裡噗通噗通的心跳。

絕大多數的鄉下孩子，耳目所及皆屬竹圍包攬的磚瓦農舍，甚至僅有剖竹子拼湊或土墼砌築的牆壁，再用木板黏貼油毛氈或是茅草覆蓋屋頂的小小住屋，哪來樓房樓梯？

帶這個孩童走了四、五公里石子路，來看街市走親戚的老祖母，非常吃力地跟著上樓之後，還搬來小板凳，讓個兒矮小的孫子能夠從面街的二樓窗口俯瞰街道，看清楚街上的人群動靜。對街所有房舍的窗口，同樣晃動著看熱鬧的大人和小孩，大家像在比賽伸長脖子，等待著節慶的陣頭。孩子納悶，在他住的鄉下想要聚集這麼多人，恐怕得派人四處打鑼，哄幾個村的老小都出動才行哩！

早些年宜蘭市區人們看熱鬧的情景

2

一群打赤膊穿短褲的阿兵哥，組成的一條舞龍隊伍，由遠而近。十來根竹竿撐舉著蜿蜒舞動的花布長龍，忽高忽低左彎右拐的鑽過來鑽過去，看似閃躲著鞭炮和鑼鼓聲。

偏偏有幾個頭纏毛巾、手拎竹籃，負責燃放鞭炮的年輕人，緊隨著蛇行的長龍，一再使壞的朝地面丟擲點燃的鞭炮，炸得舞龍的阿兵哥不停地跳腳。胡亂彈跳的火花和嗆人的白色煙霧，從那些撐舉著長龍的阿兵哥腳板底下，以及寬鬆的褲管裡冒出來。倒真像廟裡龍柱上的蟠龍，每隻長爪都抓住一團雲朵。

街道兩旁看熱鬧的民眾，不得不張開手掌在面前輪番搧動，如同鄉下人揮趕蚊蠅，企圖驅散煙霧。看在樓窗前的孩童眼裡，也是新奇的街景。

如果是鄉下廟會，每個孩子只能穿過大人的腿腳隙縫去看熱鬧，而這回可沒有人能夠擋住他的視線。在高高的樓窗旁邊，連四處流竄的鞭炮火花都奈何不了他，等到舞龍隊離開好遠，那熏人的煙霧才有氣無力的騰升到他眼前。

看熱鬧的人群散去，煙霧跟著散掉了，對街那些樓窗先後被關攏。他捨不得離開板凳，緊緊巴住窗口繼續瀏覽街景。睜大眼睛，逐一搜尋對街騎樓下的商號。

其中，以斜對過那間擺滿一、二十個開口箱子的商家，最吸引他目光。斜躺的每個木箱，分別盛著顏色不同、顆粒大小不一的豆子；還有些白色、黑色、紅色和黃色的粉末，則先用白布袋裝著，再反摺出開口擱進箱子。靠走道三個扁平的竹編篩子，擺放的應當是曬乾的魷魚、昆布和梅乾菜。

至於再往店裡深處陳售些什麼，必須下樓走到對街走廊，才能瞧清楚。但就這種遠距離的窺探搜尋，已經教這個鄉下孩子開了前所未有的眼界。

他突然想到，鄉下開雜貨店那個村長，每隔五、六天便在腳踏車後座綁個搖籃似的方形竹簍，說是上街補貨，指的大概是到這樣的商號添購吧！

至於一年半載才背著大布包，從宜蘭街徒步下鄉兜售各種布料的布販，在不同年齡層的婦女面前，展示花稍或暗沈圖案的布匹；還有個騎腳踏車載個木頭箱子的鐘表匠，箱子裡擺有鋁盆、大小螺絲起子和早被油汙弄髒的毛刷，到鄉公所、學校、碾米廠、雜貨鋪、小麵店，拆解掛鐘肚子裡大小螺絲和齒輪，浸泡煤油逐一刷洗。他就弄不明白，出自大街上哪個布行或鐘表店。

發呆一陣子找不到答案，他便猜想，這些店家應該都在先前和老祖母路過的三層樓仔附近。

3

火車站直直對過來的那間三層樓，在放眼皆是一兩層樓的市街裡，簡直像隻驕傲的公雞，天天飛上屋頂去豎起脖子奮力啼叫，唯恐人家忽略了它。其實，這樣一個人人知曉也必須知曉的地標，早就屬於很多老老小小腦袋瓜裡永遠忘不掉的一棟建築。

任何人要到宜蘭街上找哪家店，可以不知道路名，不清楚門牌號碼，只要記得面向三層樓仔的左手邊或右手邊第幾家，或是三層樓仔前面第幾條橫街，應該就不難找到。這三層樓仔，名氣遠比學校的校長，甚至比鄉長縣長都大哩！

照理，宜蘭人說話會加個仔字收尾，通常帶有不屑的意味，或指陳其體積渺小。例如：一間廟仔，肯定是低矮窄小的土地廟或有應公廟；車仔，指的絕對是腳踏車，而不會是摩托車，更不可能是汽車或卡車。活物當中，小雞小狗小孩子，才會稱為雞仔、狗仔、囝仔，大公雞大隻狗大人從不加那個仔字。真不知道，這棟日據時期和光復後很多年皆數宜蘭市街最高最醒目的樓房，為什麼會在樓層之後加個仔字？

或許，刻意用這樣的稱呼，把高大的樓房說小了，更足以表明它跟自己有多麼貼近吧！

吃過一頓滿桌雞鴨魚肉的豐盛午餐之後，那個親戚叔叔看到這鄉下孩子對市街充滿好奇，便掀開收錢櫃台上厚重的面板，從抽屜翻出一張被重複摺疊得幾近分屍的市街圖，像老師教學般，仔細地指出街道的位置、火車站的位置、三層樓仔的位置。

同時告訴老祖母和這鄉下孩子，說宜蘭舊城形似八卦陣，這是後腦勺留有辮子的老祖宗所布局。街巷裡的房子當然是蓋了又蓋、翻了又翻，還說了一串什麼東西南北、乾兌離震巽坎艮坤的，那些本該神仙管轄的事兒，老祖母聽不明白，他當然不懂。

他直覺認為這個叔叔的學問，遠比學校的老師或村裡的廟公都要厲害，只是要教小小腦袋瓜相信宜蘭舊城像什麼八卦陣，不如把它當作是他外婆削竹皮編成的八角竹扇來得實在。

八角竹扇形似破舊地圖裡的宜蘭市街。貫穿竹扇中間那根一個指幅寬竹片，正是整支扇子的骨幹，正是經過電器行門口那條連通北門和南門的大街。由削薄的竹篾橫豎穿插編排而成的扇面，便是那些東西向或南北向的街巷，以及一個區塊接連一個區塊的住宅商家。

老祖母要帶孩子回鄉下，問他腳痠不？他逞強的把腦袋搖得比牆上掛鐘的鐘擺還快，老人家於是又帶他逛了幾條街巷。經過一家瀰漫酒精混雜著苦澀藥味的醫生館門口，祖母突然停下腳步，呆楞一會兒再趕緊拉著孩子加快步伐。孩子兩隻眼睛盡望著老祖母的臉上找答案，老人家才說：「生病的人才要看醫生，好好的人是不會進醫生館的。」

接著老祖母說了故事。她說，這醫生館的醫生，就是經常搭三輪車下鄉幫人看病的老醫生，手裡拎個黃牛皮縫製的皮包，鼻頭上架著老花眼鏡。聽說，老醫生不是什麼醫科出身，早年只是幫一個日本醫生拎皮包的小徒弟，天天跟在旁邊看著學著，大家都相信他學到了日本醫生的全部功夫。

老祖母還說，老醫生拎的那個黃牛皮包，早被摸得油油亮亮的，肯定也是日本師傅留給他的。

經祖母這麼提及，讓他立刻想到村長兒子、廟公的孫子，還有碾米廠那老阿嬤生病時，確曾見過老醫生下鄉。村裡的孩子沒有不怕打針吃藥的，當時誰也不敢靠近醫生。每個人只能猜想皮包裝著的，究竟和下鄉變把戲那個魔術師的百寶箱，有什麼不一樣。

由大夥兒長時間匯整片面見聞的結果，總算拼湊出皮包裡頭塞滿了瓶瓶罐罐及大包小包的紙袋子。有裝棉花團的，有裝各種顏色藥片的，有裝酒精的。還有整齊排列在硬殼紙盒裡的針劑，不鏽鋼製的針筒盒子，一條打針時用來綁人手臂的橡皮管等等，都是些令人害怕的東西。

皮包裡能讓大家感興趣的，僅有兩樣玩具般的器物。一樣是醫生開始看診時吊掛在胸前的聽診器，另一個是看病末尾才會掏出來的陶瓷杵臼。這種能把藥片擣碎成粉末的工具，村裡中藥鋪子也有一個。不同的是老醫生的陶瓷杵臼細緻輕巧，捧在手掌就能行事；中藥鋪老闆使的是金屬鑄成的杵臼，重量不輕，非得擱在桌上不可。粗壯的杵棒，套著一片比臼口略大的厚牛皮，好擋住擣藥時飛濺出來的藥材碎屑。每回擣起肉桂或其他籽實，都會鏗鏘作響。

4

當祖孫倆從大街拐進一條窄巷子，天空全讓兩旁店家所伸出來的屋簷連手遮住，無論行人或腳踏車朝裡深入，有如被吞進老城區的肚腸。他搶在老祖母前面，像隻長頸鹿睜大眼睛，探頭探腦，同時揮出手臂充當刀劍。還回頭把嘴巴貼在老祖母耳畔說道，這地方肯定是海盜藏寶的山洞，可以探險哦！

巷子兩側，商店一家家緊挨著，有租書攤、裁縫店、理髮店、草藥鋪子、鈕釦店……，每家店的門面顯然比大街的窄了大半，屋頂之下都留個類似閣樓的夾層堆放存貨，也有不放物品而掛上蚊帳鑽進去睡人的。

吸引許多年輕人群聚的，是由三、四家店面打通的撞球間。一般人玩球，像鄉公所職員打乒乓球，學校學生玩壘球、躲避球，無一不是共用一顆球，拍過來打過去的。這撞球間卻是每個人輪番去捅四個堅硬的球，甚至把十幾二十來個球，放在球檯裡捅得奇哩喀啦，滾來滾去。

折返大街，經過一家叫做廣文堂的刻印鋪，頭髮稀疏的師傅正勾著腦袋，透過一面粗鐵線架住的放大鏡，仔細地雕刻印章。另半邊牆壁上的櫥櫃裡，則端坐著一尊尊木雕的神像。這是他第一次看到那麼多的神像光著身子，坦然露出木材的原色和紋理，來不及穿上繡著閃亮金銀絲線的衣袍。老祖母告訴孩子，他已經讀書識字了，等小學畢業，會要他父親到店裡來刻一顆木頭印章給他。

隔了幾年，這個鄉下孩子長成青澀的少年，自己搭公路局客車到宜蘭街讀中學不久，老祖母上天當了神仙。他不曾再到那個鋪著木樓板的親戚家。倒是常利用星期六中午放學，和同學去逛街逛租書攤，每次經過老醫生的診所或撞球店，總會不由自主地朝裡面多看幾眼。

醫生館一直開著，不曾改過名稱另豎招牌。只聽說換了老醫生的兒子負責看診，一個真正從醫學院畢業的醫生。雖然老醫生的兒子不再拎著皮包下鄉看診，但生病的人不管住多遠，都會自己坐車或是由家人騎腳踏車載著找來。

5

早年宜蘭街興建樓房，格局大同小異，尤其二樓習慣留出三面長幅的木框木格子玻璃窗，然後在一、二樓之間的腰帶，或是二樓的額頭上，用水泥黏上浮凸的圓形邊框，中間鑲上自己的姓氏。講究的，再黏塑出古典的花紋雕飾，拱繞在姓氏周邊，仿照西洋人流行的家族徽飾。

倘若是商家，招牌當然不可少，卻絕少標新立異，掛那些橫的豎的歪的斜的長的扁的圓的方的，甚至古怪形狀的招牌。早年宜蘭人經商，大多懷抱世代相襲，永續經營的大志氣，所謂的招牌雖無當今的花稍，但其耐久性卻不是現今招牌所能比擬，它會用民宅凸顯主人姓氏的相同做法，於興建樓房時一塊兒用水泥製作。在二樓頂端或一、二樓之間的外牆磁磚上，用水泥黏塑立體的店號，例如迄今仍留在外牆的金建源、歐泰興、林屋商店、金義合、仁生堂等，都是這麼做。這些老字號，在七十幾年前日本人印刷的《宜蘭街案內》圖裡，已清楚地刊載。

部分店家世代相傳不曾易主，牆上那些浮凸的雕飾，照說能夠留存下來，可惜仍逃不過年久月深的日曬雨淋，而龜裂、粉碎掉落。反而部分換過好幾個店商或屋主的樓房，有不斷更新的招牌遮擋掩護，那些舊世代的店號和原屋主的姓氏，竟得以倖存。

其中一家叫金義合的百貨商店，招牌上標示著創立於清朝咸豐十年的一八六〇年，迄今足足有一百五十多年歷史，近來雖少見它拉開鐵門營業，但門面則照舊留存著三種不同材質形制的招牌，向人展示著不同世代的樣貌。

晃眼幾十年過去，這個孩童，不，應該是少年！哦，不對，他早就過了青壯年，還在外地兜繞一大圈，已經到了老祖母當年帶他上街那把年紀了。他進進出出宜蘭舊城區，似乎永遠走不膩似的，逼得我不得不像他的影子般，緊緊地跟隨他，就怕稍有閃神跟丟了。

他走到哪兒，我跟著到哪兒；他想到什麼，我也會跟著那麼思考。甚至，緊緊地跟隨他跨越所有的時空和記憶。

許多商店不時更換招牌，不時改變門面裝飾和販售的物品，意味著它不時地更換老闆甚至屋主。彷彿鄉下野台戲裡那個皇帝，到後台脫下龍袍、卸下鬍鬚，轉個身上台，立刻變成滿

創設於一八六〇年的金義合百貨商行，留有三種不同世代和型式的招牌

身補釘的乞丐；也有明明是渾身肌肉武功高強的大男人，披上光鮮亮麗的綾羅綢緞之後，也能夠擺出妖嬌的身段，滴溜著嫵媚的眼神，教人眼花撩亂。

街道更是不甘寂寞的變了花樣。理該留給悠閒步履的騎樓，地面已隨著商家改建而忽高忽低，擋路的整架衣飾、商品展示櫃、瓦斯桶，只算是活動道具。緊貼騎樓外沿，原本有條狹窄的紅磚道供人通行，也早叫消防栓、分線箱、變電箱、路燈桿、號誌燈桿公然盤踞，現代城市該有的路樹盆花，統統消蹤匿跡了。

再往外去，除了來往車道，應當提供機車和腳踏車行駛的空間，則被劃作一長路的收費停車位。這樣的街景，十足像個怪異星球上的影像，荒誕中夾帶著寒傖。

6

如今，那間比很多人都老上許多的三層樓仔，早被一些更高的樓房比了下去。我心裡當然明白，說不定它已經耳背，也可能躲不了青光眼或白內障的侵擾。於今仍能時刻挺直腰板，若是記性不差，應該高興還有一些老朋友惦記著它。

實在想不通這幾條走了大半輩子的街巷，看了大半輩子的景致，竟然那麼拚命地在改頭換面。似乎僅剩下少數老舊樓房，能夠給上了年紀的宜蘭人一點慰藉。讓人一路瞧著去，彷彿翻閱一本缺頁又泛黃的故事書，那些熟悉的場景，曾經都是非常生動的畫面，一幅幅攤開在眼前，足以勾引任何陳年老舊的記憶。

一個人老了，往往會自以為是的固執己見，誰也扭不過來；一個城市老了，似乎同樣冥頑不靈，許多事兒扳也扳不過來。還能做做夢，都怕不容易哩！

依照我的評斷，說宜蘭舊城區是古老的街道，顯然它已失去應有的素樸和古雅；若說它是現代化的街道，卻又沒有能夠容易辨識的秩序和章法。

我試圖尋找那個屬於七歲孩童所瀏覽且銘刻在記憶裡的街市，我試圖尋找背著印有「U.S.」灰綠色帆布書包的少年所遊逛的街巷，找尋媽祖宮廟口滿滿一架子等著出租的圖畫書，找尋孤單坐在騎樓下的老相士。

印象中，老相士始終戴著一副墨鏡。一旦那眼鏡滑下鼻頭，便會看到他雙眼瞳仁混濁，有如陰雨的天幕那般空茫。但他的聽力特別靈敏，有任何腳步聲接近，嘴裡立刻唸起：「抽靈籤，卜聖卦，好運來，歹運去……」的歌謠。一邊不停地抖動手裡握著的小籤筒，讓筒裡的竹籤唏哩嘩啦地響出特別的節奏。在當年那一長串的歌謠聲中，不曉得他是否已預卜推算出街市演變的樣貌。

舊城在日本人來不久，便失去了城牆和城門，接著又填掉半邊的護城河，剩下的逐漸被垃圾作為競走的水道，不得不在三十年前潛入地下以掩人耳目。所幸近乎圓圈的護城河遺址被鋪設成了環狀道路，還能完整留住古老城池的八卦陣圖像。

沒有任何柵欄關卡阻隔，舊城猶似一口老井的泉眼，把街道和房屋，水一般地向四處漫了開去。

每回走在這幾條像新似舊的街巷，老感覺自己宛如夢遊，然後被波浪暈忽忽地推過來湧過去。甚至，好像中了某種圈套或落入某個陷阱，一時實在很難說得明白。

所有的圖像和跡痕，總是似真似假。所有的故事和記憶，總是似有似無。全都影影綽綽地在我眼前及四周，來來回回兜著圈圈，絮絮叨叨的吞吐著聲息。

——本文係由〈似新還舊的宜蘭城〉（原載於二〇一二年十月五日《中國時報》人間副刊），以及〈變了花樣的街市〉（原載於二〇一二年十一月《文訊》雜誌）兩篇合併而成

小車站正打盹

1

半個世紀前，有一兩年時間我必須搭火車通學，每天兩趟經過宜蘭線二結車站時，總是看到那個小小的車站蹲在一大片稻田邊緣，隨時都在打盹兒，像透了鄰居那個很少有笑臉的童養媳。

只有火車來火車去的當兒，才會看到小車站微微張開迷糊的睡眼望外瞧一下，我始終沒有看過它睡飽的模樣。

當時的車站是日式的木構建築，經過稀釋的柏油漆過之後，再被風雨給抹掉些，便隱約露出木材該有的紋路，如同習於勞動者手腳上浮凸的青筋，掩飾不了歲月留下的風霜。

過了不久，來一個叫波密拉的颱風，把這木構的二結車站徹底摧毀，新建的車站不得不換上鋼筋水泥裝扮，奈何身子骨長壯了卻照樣一臉惺忪。

於今半個世紀過去，車站附近那大面積的稻田已所剩無幾，陸續圍過來的，全是高高低低的樓房，看來這個小車站有了聊天和爭吵的伴，但它照舊盤坐在地上，勾著頭不理人，彷彿老僧人般的沈穩。

誰也不清楚這個小小的車站究竟是繼續打著盹兒，或是早已踏入夢鄉。站前空闊的廣場，經常杳無人跡，供風雨或陽光隨興漫步。站在廣場上朝著候車室的大門望去，每個人想到的形容詞，肯定是「門可羅雀」這樣的成語。要等到黃昏時候，才有住在斜對面的一個學童，由他父親陪著打棒球。

很少人在這裡上車，也很少人在這裡下車。因為這裡離市集和村莊聚落還有一段距離，村民們外出通常以汽車、機車代步，搭火車往往只是當學生時所留下來的回憶。幾十年的歲月，就像那火車來火車去，除了把鐵軌頂頭那一面磨得烏亮，似乎沒有留下其他痕跡。

半個世紀前的我，一個背著印有「U.S.」的草綠色書包、身穿喇叭褲的高中生，每天和全班都叫他叔公仔的同學，一塊兒搭乘火車經過二結車站時，照例會在月台邊停留一兩分鐘，等候來車進站，好騰出我們要往羅東或回宜蘭的軌道。很少看到乘客進出這個車站，偶爾三數人上車或下車，似乎不足以驚擾小車站的夢境。

我和叔公仔，看慣了那個面無表情、收緊下顎，嚴肅得像木頭人的站長，筆直的站在月台上舉起手來，讓列車繼續前行。有時，我們抬起手臂行軍禮或揮舞手臂撩撥，站長仍不為所動，直到列車駛遠。

如果是上學，火車從二結起步不久就駛過中興紙廠的廠區邊緣，那兒會冒出個連普通車都不曾停靠的「中里車站」。看不到任何站房，只看到紙廠倉庫的柱子上，漆了藍底白字的站名。

二結站和中里站，都夾在宜蘭市和羅東鎮之間，似乎所有的人間繁華和喧鬧，早已被兩個都市化的市鎮瓜分掉了。現在車站附近能看得到的房子和人氣，大多是經過半個世紀的漫長歲月，才打從那兩端慢慢地溢出一丁點兒來。

2

如果以二結車站為軸心，把二結到中里之間的鐵道當扇柄，順著時針方向開展扇面到蘭陽溪南岸堤防，這不足一點二公里半徑範圍內，從軸心到弧形扇頁下沿那半截依舊顯得冷清，就像那裸露透空而依序排列的扇骨。但由扇頁下沿繼續往上推進的整幅扇頁，則精彩無比。那些新舊不一的住屋樓房，和喧擾街巷的人車，彷彿整個扇面都被人題滿字畫，到處蓋著收藏者印章。

早在一九一六年設置二結糖廠之後的一甲子歲月，不管是扇頁範圍裡的舊店街或新店街，人們便佈下了一盤活絡的棋局。

這個叫二結城仔的聚落，緊靠著王公廟、福德廟。醫生館過去一點兒，有小吃店和賣米賣布的鋪子。然後是腳踏車店、賣酒賣菸賣糖賣鹽的雜貨店，再來就是糖廠附設的肥料工廠和蔗渣造紙廠。

繼續往南有郵便局、派出所，合併後的中興紙廠規模之大，曾經是東南亞造紙業的龍頭。還沒有蘭陽大橋那個年代，二結渡船頭還是清朝《噶瑪蘭廳誌》裡明明白白寫著的重要官渡哩！

鐵路或公路一旦闢設，若未能選定居民密集市鎮設站，很快也會因人氣匯集而成聚落。為什麼獨獨二結和中里兩個車站，迄今還是被人們冷落一旁？甚至原本頭靠頭腳靠腳，幾乎並排著走的省公路和鐵路，也在跨過蘭陽溪即冤家般各走各的。

事情並非難以理解，它們在設站當初就不想用來載客人。

一九一九年三月，宜蘭和蘇澳間鐵路建好通車時設置的二結站，主要是方便二結糖廠、肥料工廠和蔗渣造紙工廠的原料和產品營運。糖廠於一九四二年拆遷後，這個離蘭陽溪很近的車站改行，忙著輸運溪裡的砂石，迄今仍未放棄；而中里站比二結站晚了十幾年設立，主要功能在配合紙廠運輸貨物。

3

半個世紀前，有不少羅東那邊的學生搭車到宜蘭讀高中，反過來從宜蘭到羅東就讀的僅有零星幾個，外加兩位老師。一位是成為國寶級畫家的美術老師王攀元，和一位剛從師範大學音樂系畢業的女老師。音樂老師是宜蘭市某醫師的女兒，不但長得漂亮，還有一雙被男生們認為會唱歌的大眼睛。只是她很害羞，學生向她敬禮都會令她臉上泛紅。

高二下學期是最後一個階段的音樂課，如果不找時間到禮堂的鋼琴邊去考獨唱，成績鐵定不及格。對我們那些正要轉大人的大男生而言，光是說話都怪腔怪調，唱歌怎堪入耳？

於是大家對這項歌唱考試，總是能拖則拖，拖到學期快結束的某天早晨，我那個叫叔公仔的同學突發奇招，就在行駛的火車上拉著我走到老師座位前，把翻開的音樂課本捧到老師面前說：「老師，我們兩個來考獨唱。」

老師看到兩個個子比她高的男生恭敬的站在她面前，臉上的紅暈迅速地蔓延到雪白的頸項。叔公仔繼續有板有眼的報告，說我們是高二甲班十八號和三十號，這星期找不出自習課能到禮堂考試，請老師准我們現在考試。

叔公仔乘老師還沒有回過神當兒，即張大嘴巴吼出那串狗喉乞丐調的鴨公聲，聲嘶力竭地唱著〈天倫歌〉。這一唱，驚動了整節車廂裡的乘客，不管男女老少，個個摀住嘴笑歪在座位上。

輪到我唱，我故意壓扁喉嚨，希望能用丹田氣力唱好這首藝術歌曲。老師似乎比先前適應，不再只是低著頭看課本，時而也瞄一眼我臉上揪成一團的五官。

車廂裡的乘客，這回好像被我們師生的認真所感動，不再笑得東倒西歪，僅有少數婦女竊竊私語。

寶島歌王洪一峰帶過歌舞團到我們鄉下表演，我刻意模仿他唱〈舊情綿綿〉時那種迴腸盪氣的顫音，有滋有味地唱著：「人皆有父，翳我獨無，人皆有母，翳我獨無。白雲悠悠，江水東流，小鳥歸去已無巢，兒欲歸去已無舟……」

就在這個自我陶醉的當兒，瞥見車廂裡的人竟然個個凝神靜聽，腦袋瓜著實驚嚇得差點不聽使喚，變成一片空白，伸長脖子想從老師手中那倒過頭的課本裡偷瞄歌詞，視線竟跟著模糊開來。所幸，車窗外突然闖進轟隆轟隆的巨大聲響，掩蓋了我忘詞而胡唱一氣的歌聲。

等火車駛過蘭陽大橋，回復正常行車節奏，老師反而表示不必再唱下去，同時把音樂課本遞還給我。我緊張地說：「老師我還有一段沒唱完——」她頭也不抬地從提包裡抽出成績簿，用鋼筆在叔公仔的姓名下方填著60分，在我姓名那一欄則寫了75兩個數字。這時，火車好像替我雀躍似的，猛烈地扭動車廂完成軌道變換動作，再滑進二結火車站的月台邊。

到了學校，叔公仔說老師一定認為他故意在火車上搗蛋，只給他六十分，還問我知不知道為什麼不用唱完整條歌，便能拿七十幾分？我先是搖頭，然後正經八百地應了一句，因為我唱得比他好太多。

叔公仔立即朝我腦袋重重地巴了一下說：「你帥哦！哼，那是老師怕火車一停二結站，少了行車時的噪音，讓你那種便秘幾天拉不出屎的歌聲，驚嚇車廂其他乘客，會令她丟臉，才不要你繼續唱。懂嗎？」

一語驚醒夢中人，原來是二結車站救了我的音樂成績。

叔公仔還向全班同學宣佈：「做人要懂得感恩，本班吳某某以後經過二結車站時，都要朝車站一鞠躬！」

4

從二結到羅東之間，里程還不到三公里，中途所夾的中里車站門窗早已封閉，靠軌道一側的候車室大門，乾脆用塗上黑色柏油的厚木板釘牢。

整個車站宛如裝滿過去歲月的超大貨櫃，被人遺棄在軌道旁，任由列車疾駛所揚起的風砂塵土颳過來又颳過去。

十幾年來，區間車會在此停靠，列車長除了指揮列車起動，不管有無乘客他都必須站在月台南端的陸橋進出口，充當收票員和售票員。那座又窄又陡的陸橋，是唯一進出車站裡外的通路，行動不便的人肯定無法在這個車站搭車。

包括大多數的宜蘭人，都不清楚中里站為什麼叫中里站。這一帶從古到今不曾有過中里這樣的地名，或公司行號。

早先是漢人墾拓此地住下吳姓大家族的竹圍，大家叫姓吳仔底。後來官方的地名叫四結，更因為台灣興業株式會社在此興建紙廠而改叫台興村，等台灣興業變成中興紙廠，這個村也在三十幾年前改稱為中興村。自始至終找不到中里這樣的叫法。

蘭陽博物館的朋友知道我在打聽中里站名由來，捎來一則一九三六年八月十四日《台灣日日新報》的相關報導，才弄清楚「中里」二字，乃是投資台灣興業株式會社的造紙專家大川平三郎，在日本出生地的地名。

台灣鐵路一向習慣用當地地名為車站命名，中里站應當是少數的例外。而且，用一個與鐵路沒有淵源的企業經營者的出生地作為站名，恐怕更為少見。

造紙成了夕陽產業，中里站少了運送的貨物，也載不到什麼客人，車站好像只是時刻表上的一個標記。

倒是靠紙廠那排老倉庫牆壁，這幾年成了塗鴉族的畫廊。他們用各色各樣的顏料，把倉庫牆壁當作畫布施展繪畫天分，讓路過的火車乘客一飽眼福。

5

我已經很久不坐火車了，偶爾搭乘的自強號也不會在二結站或中里站停靠，但當列車經過二結站時，耳畔還是會響起叔公仔那句「做人要懂得感恩」的話語，自然會朝那車站多看幾眼。至於中里站，我則不忘欣賞那些塗鴉族留下的畫作，可惜最近已被用白漆塗抹掉大半。

一個高中生和一個老人的心境不可能相同，但當列車依舊行駛在半世紀前行駛過的鐵軌時，老人往往失去蹤影，只有當年那個學寶島歌王故意拉長尾音、顫動著喉結的年輕人，還巴住車窗搜尋著昔日的小車站。

恍惚間，甚至不時地朝著自己的心頭叩問，真的經過半世紀了嗎？

龜山島志異

礫灘

——龜山島的左肩胛和龜尾，各有一道礫灘，偏佈「龜卵」。根據地質學者說法，那是島上安山岩受風化侵蝕崩落後，被海浪來回搬運，磨掉稜角變成圓形或橢圓形的石頭，被遊客稱為龜卵。它們所以大小不一，因為大龜生大蛋，小龜生小蛋。

管你是安山岩，是角頁岩，是石英岩，或是名不見經傳的石頭，每一塊都得在海浪簇擁下擠過來擠過去，你推著我打滾，我推著你翻觔斗。

直到很累很累了，我們就手牽手躺在岸上，成為小島的居民。看著晚來的石頭，從我們身上滾過來翻過去。這些後生呀！真不知天高地厚，以為可以越滾越扎實，殊不知，越滾越沒稜沒角，滾著滾著就滾成了大眾臉！

人看人有大小眼，免不了大欺小強凌弱，動輒把別人踩在腳下。而在這個灘岸，大粒石頭可得靠小粒石頭拱著，小粒石頭可得靠大粒石頭護著，要不然浪潮襲來，管你大小都得隨波翻滾。滾得最來勁的，恐怕就是那大粒石頭。

不管你是岩石，你是玻璃，你是磚頭，你是塑膠，你是陶瓷，或是歹銅舊錫；不管你多纖細，或是多龐大。如果你的材質硬度不夠，瞬間就足以令你粉身碎骨。

記住哦！你若想在礫灘上有個立足之地，除了本事，就是謙虛。

龜卵步道

——上了北岸碼頭，會有一小段遍佈龜卵的路面，給你小小的驚奇。等你再深入一些，便會發現通往營房的路上，遍地鋪著龜卵。這時，你才會明白龜山島為什麼看不到烏龜。

龜山島村莊外的海邊和長達一公里的龜尾皆屬礫灘，浪潮日夜都像精力過剩的頑童，把一些石頭在礫灘上滾上滾下，滾成了圓滾滾的模樣，滾成一個個龜卵！

龜卵的顏色有很多種，有朱紅色、藍灰色、銀灰色、黑裡帶紅，有水梨黃、蛋殼青、水洗

早年龜山島居民撿海邊的龜卵石砌築屋牆，如今都已夷為平地

的白，還有難以描述的顏色。但誰也不會去搶鮮艷，個個都是色調沈穩，看來極有份量。

當我漫步在這條龜卵步道時，突然發現每一顆石頭都朝著我露出乞求的眼神。我只好停下腳步，蹲下來聆聽他們傾訴——我們兄弟們可是在那礫石灘上翻觔斗翻滾了幾百年幾千年，沒想到會被人用水泥困在路上，每天仰著臉曬太陽，或是弓著背馱著遊客們的腳印。

此刻我才想到，人類實在太不長進，發明了孵蛋機器之後，竟然還在撿拾老祖宗的牙慧，用太陽孵蛋。

早年蘭陽平原到處是水圳和水田，養鴨成了農村的大事業。孵蛋當然是成就事業的重要關鍵。養鴨人家會把準備孵化成雛鴨的鴨蛋，鋪在茅草蓆子上曬太陽，一面曬一面由孵蛋師傅把每個蛋不斷地翻動不同的受陽角度，等到這些蛋燙得刺痛師傅的眼瞼時，再放進墊著稻穀的孵化桶。

不知道誰想起了老祖宗曬太陽孵蛋的過往，竟然把一顆顆漂亮飽滿的龜卵，鋪在路面曬太陽，只是他們拌了水泥去固定這些龜卵，破殼顯然無望，枉費了至少七千年的浪淘歲月。

現在，你知道為什麼龜山島遍地龜卵，卻看不見烏龜的道理了吧！

燈塔

——二十幾年前龜山島要建燈塔，頭城鎮屬意建在龜甲頂尖，縣政府反對卻說服不了，後來搞心理戰，說那等於拿根大釘子釘在龜背上，地方才同意把燈塔建在防波堤末端。可惜燈塔亮了十來年之後，就閉上了眼睛。

聽說，在龜山島居民遷走好幾年之後的某年某月，島上另一批原住民——群聚在山腰上的蒲葵，名字斯文的筆筒樹，習慣匍匐前進的海埔姜，身懷暗器的雙面刺，喜歡勾三搭四的印度鞭藤……，閒來無事，竟然發動聯署，說應當推選出島上最有學問的居民。

於是經過幾場公聽會，大家唇槍舌劍激辯之後，公推毛柿公、觀世音菩薩、燈塔為候選人。毛柿公最年長，早在清朝時就見過一位幫台灣人拔掉兩萬多顆蛀牙的洋牧師；觀世音菩薩雖然是後來才到小島接媽祖的班，但祂每天聽著佛經，那可也是白紙黑字寫成的經典。而燈塔就更博學了，隨時都和大海不分日夜地朗讀詩文。

所以，燈塔一直是最具人氣的候選人，自然獲選為全島最有學問的居民。從此，它不得不更認真地閉門苦讀。

有時，它會和海浪一起唸著康拉德《如鏡的大海》；有時，它唸羅逖的《冰島漁夫》；有時，它唸海明威的《老人與海》；當然，它也會唸黃春明《看海的日子》，或是東年《失蹤的太平洋三號》。這些都還好，篇幅不算太長。至於那個梅爾維爾寫的小說，常教我想用針線把眼皮朝上吊著才能持續讀下去的《白鯨記》，燈塔竟然也讀得津津有味。

這回，我繞過海巡隊駐紮的地方走近它時，它才偷偷向我抱怨——有時真有點累，想要蒙頭大睡，大海卻照樣貼著我耳畔，嘮叨個不停。

所以只要有人靠近燈塔，它都會說：「人呀！你還傻想什麼呢？不要再一個勁兒敲門了！難道你沒有看到，我早已熄燈打烊。」

坑道

——龜山島在一九七七年至二〇〇〇年劃為軍事管制區期間，曾經進駐陸軍砲兵部隊，他們在島上挖軍事坑道，作為火砲及機槍射擊陣地。但隨著軍隊移防開放觀光，這些坑道已成為滿足遊客好奇心的景點。

坑道很像筆劃複雜的甲骨文，說不定是兩個字疊在一塊兒。從坑道入口懸掛的〈龜山島坑道平面示意圖〉觀察，主坑道彷彿一條朝著左側弓身的溪流，弓背上再分出一些小渠道。八百公尺的長度，不過是運動場繞兩圈。但在昏暗甚至黑漆漆，且多分岔的戰備坑道裡，很容易便失去方向感和距離感，總有走來走去怎麼都走不到頭的感覺。

我是和一群寫作朋友來參觀體驗。當我還在坑道口查閱相關資料時，他們已隨著東北角海岸國家風景區管理處導覽人員走進坑道。

等我進入坑道時，已經看不到他們的人影，隱約可以聽到導覽人員手提擴音器傳來的聲音，像是小時候玩的竹筒傳音，夾帶著嗡嗡嗡的迴響。我加緊腳步，想跟上隊伍，結果只看到一處敞亮的射口，正趴著一門九〇高砲伸長手臂指向大海。也許戰爭影片看太多了，這門上了漆的火砲陳列在這兒，不帶一絲硝煙味，倒像是軍事博物館搬走庫存後，不慎遺漏了它。

我繼續找尋跟丟的隊伍，他們卻好像消失在黑暗的坑道裡，連那帶著嗡嗡迴響的竹筒傳音都消失了。我找到一個分岔口，卻無法分辨該往左或往右。徬徨猶豫之際，右側那條黑糊糊的坑道裡，突然有人喊了一聲：「誰？口令？」

我一步一步慢慢地朝前挪移，適應了黑暗的環境之後，才發現等著我的，竟然是一名全副武裝的士兵。怎麼會有士兵？我心底立刻起疑，莫非自己眼花。

「請問你是哪位？」我故作鎮定，仍掩飾不了有些顫動的尾音。

「嘿！你不說你是誰？怎麼混進軍事重地？還敢乞丐趕廟公？」

「我是個寫散文和寫小說的，風景區管理處和縣文化局邀我和朋友來小島住一個晚上，體驗小島生活的。」

「也不能體驗到軍事坑道裡來呀！奇怪，坑道口站崗的弟兄怎不阻攔你？」

我們邊走邊問答，很快像是熟識的朋友，我以為他會帶著我去趕上參觀的隊伍。到了另一處岔道口，突然灌進來一股陰森森的風，有如澆了我一身冷水，腦袋裡猛然清醒，才想到島上的軍隊早就撤走了，哪來的站崗弟兄？

於是，我想起幾天前重新讀過的一本翻譯小說，渾身立即起了雞皮疙瘩。忍不住自言自語說了一句：「難不成是日本作家安部公房小說裡所寫的那個夢幻兵士？」

「你真愛說笑，我怎麼會是日本兵？」沒想到他的耳朵那麼靈，接著他抬了抬左臂，指了指額頭上方：「請你看看我的臂章和帽徽！」

說真的，我什麼也看不清楚，只能看到在眼前揮來舞去的晃動影像。

這時有一團昏黃的光影在前方浮現，那應當就是主坑道了。記得我先前進來，確實每隔一段距離都有一盞亮著的燈泡。這讓我鬆了一口氣，壯起膽來告訴我身旁的兵士說：「你的弟兄好幾年前就撤走了，你怎麼還留在島上？不妨考慮跟著我們的船，回台灣找你的部隊。」

「不行，我奉命看守坑道裡的九〇高砲，軍人擅離職守或臨陣脫逃，弄不好會被槍斃。」

我正在思考如何進一步說明事實真相時，迎面就是亮著燈光的主坑道。突然，有一股強勁的冷風夾帶著冰冷的水珠，從主坑道灌進來，在我身邊兜了一圈後，響起尖銳的哨音，很像是一聲悽厲的叫喊，朝著我剛剛走過來的黑暗洞穴鑽進去。

我藉著主坑道的昏黃燈光環顧四周，卻怎麼也找不到先前那個士兵的身影。只留下我一個人杵在空蕩蕩的坑道裡，隔了好一陣子才回過神。

四〇一高地

——龜山島最高點不在頭部而在龜甲，海拔三百九十八公尺加上軍方興建的崗哨，高度便增為四百零一公尺。這個峰頂曾經是老宜蘭人的氣象台，當它被雲朵籠罩時，老人家就說：「靈龜戴帽，大雨隨時到。」

每天，天還未亮，太陽從東方的大海裡爬上來，它總是第一個來敲我的房門。我有時候心情煩躁，硬是把它關在門外；有時候則是看到隔海的大島情人睡得正甜，我就騙太陽說：「你起得太早了，不要那麼刺眼，那會討人厭。」

這時太陽會拋來一匹絲綢，讓我蒙在頭上，以為這樣就可以哄我繼續睡覺。

其實，那絲綢是我慣用的信箋。我喜歡一面聞著它似有似無的淡淡清香，一面用它來寫些親暱私密的話語，好寄給我的大島情人。

大島每回看了信，都不說什麼，但我知道他是個心地善良，又容易受感動的人。不管我在那信上寫的是煩悶憂傷或快樂喜悅，或只是洩漏心底那一絲絲寂寞，他每回讀著讀著，都會忍不住掉下淚水，有時甚至淚如雨下，涕泗滂沱，一直哭一直哭，連夜哭個不停。

普陀巖

——台灣各地的寺廟為了方便接水電，讓信眾容易找到地方，都編有門牌。龜山島的水電和電力公司、自來水公司無關，但觀音菩薩居住的「普陀巖」照樣掛有龜山里的門牌，也是小島上唯一一面門牌。

觀世音菩薩住的「普陀巖」，原先是島上居民建給媽祖住的「拱蘭宮」。媽祖跟著居民遷走後，才有部隊的士兵在廟裡供奉菩薩。但不管是誰當家，小島唯一的這座廟從不曾有過門牌。

縱使搬到對岸大溪里的小島居民，新的住家門上所掛的龜山里門牌，前後掛不到兩年時間就被併入大溪里。隨後長達二十幾年，大家都掛著大溪里仁澤社區的門牌，個個變成大溪里民。要是問感想，他們還是會用極堅定的語氣告訴你：「咱們這一百多戶，攏總是龜山人！」

二〇〇〇年七月，仁澤社區恢復龜山里建制，大家高興之餘，也不忘把小島上的廟編進最後一個鄰，里辦公處專程送一面門牌釘在廟門口。如果，有人想寫信給龜山島上的觀音菩薩，請記得寄到「宜蘭縣頭城鎮龜山里龜山路二八二號」，說不定中華郵政公司的郵差願意設法投遞。

某一夜，我在廟旁的遊客服務中心打地鋪，人在睡袋裡輾轉反側難以入眠，半夜跑到防波堤看星星，望見普陀巖的燈光亮著，顯然菩薩還在做晚課。

清晨五點不到，我躡手躡腳朝著廟裡走去，想看看晚睡的菩薩是否晨起運動，結果有人搶了頭香，廟裡的錄音機已經傳出誦經聲。

廟裡沒有杯筊，沒有籤詩，只有一筒子清香。我站在廟門口為門牌拍照，菩薩探個頭，和藹可親地朝著我微微一笑：「請問施主，你可是我們龜山里里長，或是二十六鄰的鄰長？請進廟裡歇歇！」

「驚動菩薩，真是罪過呀！」我趕緊放下相機施禮：「我哪是什麼里長或鄰長，在下不過是好奇的過客，一個喜歡舞文弄墨，敲敲電腦鍵盤的文字工作者而已。阿彌陀佛！我佛慈悲！」

「島上沒有郵差，這門牌實質用途不大，我現在給老屋主媽祖婆寫信，也都是透過電腦鍵盤，寫伊媚兒用無線傳輸哩！」

菩薩像是遇到知音，笑得非常開心。

毛柿公

——普陀巖後方的山坡上，有棵直徑八十公分以上的毛柿，它是分佈在台灣最北邊的毛柿樹。早年島上居民稱它「毛柿公」，會把嬰幼兒帶到樹下拜拜，請毛柿公收為義子，保佑孩子長命百歲。

真不容易，這個原本只習慣於台灣南部天候的老公公，竟然站在北方大海裡一個小島山坡上，至少連跨兩個世紀，教植物學者看著嘖嘖稱奇。

尤其這三十幾年來，更見他精神抖擻，抬頭挺胸收小腹，像個勇往直前的老將軍。每個人仰望著它的英姿，把脖子都撐得痠痛。

我望著望著，突然聽到「咯喔——咯喔——」一串輕咳，還看到老公公甩動一頭油亮的髮叢。然後用他低沈的嗓音，鏗鏘有力地說：「年輕人啊！你有所不知，我是在等人咧！」

「等人？等誰啊？」

「等孩子們呀！以前每到七夕，都會有人送來米糕，抱來嬰幼兒讓我收為義子，平常這些孩子也常到樹下撿紅柿子，可我接連等了三十幾年，也沒盼到個人影。」

「過去脖子上掛著紅棉繩串銅錢的那些義子，長大後沒回來看您老人家嗎？」

「唉！隔著海，交通不便嘛！何況兒孫自有兒孫福，只要爭氣肯做點事，當父母的臉上自然有光彩。在台灣，很多孩子不也是一長大即外出求學，完成學業接著當兵成家，然後有自己的家庭小孩要照顧，當老人的本就應當自求多福，不是嗎？」

「對，對！現代家庭都是如此！所以您老人家也別那麼辛苦，天天站在山坡上踮著腳尖，挺直腰板，抬頭眺望著往來船隻呀！」

「我總是擔心，萬一哪天真有個孩子回來，看到我老態龍鍾，可會教他們操心哩！」

「唉！您老人家不是說應該自求多福，要是您放不開，越是想念孩子們，自己越會覺得孤單啊！」

「寂寞和孤單對一個老人而言，算得了什麼呢？你又不是不知道，這世界上有幾個老人不孤單，不寂寞呀！」

龜尾湖

——龜尾湖本來可能是峽灣，後來變成湖泊，再被闢為漁港，後來又變回湖泊。早年，小島居民端午還在湖上賽龍船；現在很多人只把它當作風景，或是一冊隨意翻閱的植物生態導覽。

曾經有一隻受傷的鸕鶿，喜歡佇足在一塊露出水面的安山岩上，彷彿一座小小金字塔尖的雕像，不管春夏秋冬，總是目不轉睛地看守著湖域，駐軍封牠為老士官長。

一批又一批兵士退伍了，甚至整支部隊撤走了，老士官長卻堅持留在龜尾湖終老。據說，從此再也沒有任何一隻水鳥，敢在那塊安山岩上逗留。

已經很久沒有孩子到湖邊嬉戲，沒有居民在湖上划船，沒有阿兵哥垂釣。只有吳郭魚和鱸鰻不嫌棄，只有秋冬的候鳥不嫌棄，只有偶爾來訪的詩人不嫌棄。喜歡這麼一片映著天空的幽靜水域。

漁港毀了，居民遷居了，軍隊撤走了。大家不再煩惱該是湖該是港，大海終於還給小島一面鏡子——平靜無波的湖泊。而湖，卻從此就被人們視為是大海派來臥底的奸細。

因為地質學者說，不要看它波光粼粼，一派溫馴，它可是不時與大海互通聲息哩！

湖說，請不要老問我湖水是鹹是淡，你何不自己試著嚐嚐？人生不都是有時這樣，有時那樣，誰能說個準？

湖說，其實這半鹹半淡，也並非我所願。

孤墳

——龜山島的墳地在龜尾湖與燈塔之間的野地裡，墓丘多以龜卵堆疊，再豎一塊水泥板墓碑。島民集體遷村後，其先人遺骸跟著遷離，目前所剩零星孤墳墓碑字跡皆已漫漶。資料最完備者，大概只剩通往四〇一高地路旁的一座清朝咸豐年間古墓。

在海埔姜、石板菜還有許多交纏糾葛的野花野草野藤蔓之間，零散分佈著幾座用龜卵堆砌的墓丘。大家對著那絲毫無法分辨字跡的水泥墓碑，心底總有說不出的悵惘。

有人猜，這些恐怕都是絕戶；也有人揣測，有些可能是幾十年前，甚至半個世紀前離鄉背井遠來戍守小島海防的警總老兵，他們單身終老，沒有子孫可以帶著他們搬到對岸的大島，或回歸他們在大陸的故鄉。

他們統統都成為無名氏，滄海桑田，也不知哪一天墓丘會坍塌夷為平地。所以這些失去姓名的老兵或百姓，只能每天望著天空和大海，沒有任何可期待，甚至沒有悲或喜。

我站在一座墓碑上沒有名姓，只是一片空白的墓丘前，想為人生尋找一些蛛絲馬跡，卻聽到有個聲音，好像從堆疊墓丘的石頭縫隙傳出來。

「其實，成為無名氏的我，並不寂寞。每個經過我身邊的遊客，總要探頭探腦地彎腰鞠躬，禮貌地請教我名姓。哈！知道我是誰又怎樣，古今中外多少名人，還不是照樣很快被人遺忘！」

「真是失禮，我一時興起走過來打擾，也沒帶來鮮花什麼的！」

「一個人幾十年或上百年的活下來，到頭不也就匆匆過了，何必去計較那些繁文縟節？何況現代人大家講究簡約環保，不算失禮了！」

在通往四〇一高地途中，還有福建海澄來的黃聰明老先生，一個人盤坐在高高的山腰上，從清朝咸豐八年到現在。想當初，《噶瑪蘭廳志》已經刊行，太平軍鬧得正凶，慈禧太后還沒聽政，林肯還沒有當美國總統，開蘭進士楊士芳還要再等個十年才中進士。不管是洋牧師馬偕博士或是日本警察，也還沒到台灣，更不知道太平洋中有這麼個小島……。

黃老先生在這個遙遠的小島上，什麼都沒聽到，什麼都沒看到，耳根清淨，可真正是個隱士哩！

如果根據龜山島何時有居民的傳說推算，黃老先生應當是登島定居的第一代元老，而且真有福氣，繁衍了四大房後裔。我路過老人家的墳前，看到地上有束枯萎的花朵，卻看不見香燭和紙錢。

老先生明白我心底的想法，倒是很開朗地說：「我是清朝皇帝的子民，這裡早已經換了幾個皇帝了，不管是曾孫玄孫或更晚一輩所帶來紙錢，對我的時代而言，恐怕只是一堆不能流通的廢紙吧！」

星空下的搖籃

很多人說，大海裡這座小島，如果從宜蘭平原的弧形海岸看過來，就像一隻會調轉頭尾的頑皮烏龜，隨著眺望者移動位置，調轉它的頭尾。

被推崇為「作家中的作家」波赫士就曾經說過，所有的島嶼都是神秘的。很可惜，這座宜蘭人心目中的夢幻島嶼所隱藏的秘密，近幾年已教一批又一批的遊客給盜走。

好在遊客只能白天來白天走，總算保留著黃昏和黑夜，給一群寫詩、寫散文和寫小說的人，躡手躡腳地窺探。

一百八十幾年前，清朝皇帝派來一個叫烏竹芳的縣太爺，看到宜蘭天地鍾靈，山川毓秀，便選了八處勝景稱為「蘭陽八景」，一一賦詩標舉。〈龜山朝日〉被列為八景之首，詩句寫著：「曉峰高出半天橫，環抱滄波似鏡明；一葉孤帆山下過，遙看紅日碧濤生。」

我想，這個縣太爺如果能夠像我一樣，在龜山島停留個兩天，住上一宿親眼目睹小島上的黃昏和夜色，相信他在寫下〈龜山朝日〉的那一刻，肯定也會對著島上美麗的黃昏和夜晚的星空，撚鬚擊節一番。

傍晚時分，眼看一輪殷紅的落日，慢慢沈入雲霧瀰漫的遠山之際，仍依依不捨地在燈塔頂端徘徊留連。龜山島怕它掉進海裡，趕緊舉起那座已經不會閃出亮光的燈塔，意圖頂住它；同時伸出長長的礫灘，想及時的接住它。

龜山島孤懸太平洋中，夜宿這座小小的島上，彷彿躺在一個不時晃動的搖籃裡，大海分秒不停地在耳畔吟唱。海潮從不懈怠地把雪白的浪花捲上礫灘，緊接著再把它們趕回湛藍色的大洋。

浪花裡夾帶著大大小小的石頭，奮力地把這些石頭推上灘岸，瞬間卻又讓大多數還未定神站穩腳跟的石頭，骨碌骨碌地滾回大海。一而再再而三，從無一刻間歇，於是天地間鉦鼓齊鳴，戰馬奔騰，訇訇然響個不絕。

這豈是那溫柔的搖籃曲：「嬰仔嬰嬰睏，一暝大一寸；嬰仔嬰嬰惜，一暝大一尺」所能比擬？

這樣的夜晚，這樣的小島，這樣的海潮，最想寫的其實是詩。遺憾的是，那個幾十年前令我沈迷的初戀情人，早已離我遠去！

這樣的黑夜，我和一些寫散文、寫小說及寫詩的朋友，仰躺在防波堤和大海之間的礫灘上。灘岸堆積著被海濤翻轉打旋得沒有稜角的大小石頭，圓滾滾的，人們乾脆稱它龜卵。不管大如籃球或小如鴨蛋或細如彈珠，它們總是慈眉善目地，對待這些只懂得握筆桿或敲打鍵盤者的肌膚和骨骼。

我的四肢，我的後腦勺，我的脊椎和臀部，只隔著薄薄一層衣服，直接躺在小島豐滿結實的胸脯上，直接觸及它的起伏，嗅到從它鼻孔進出的氣息。吹來的海風有些涼意，小島的胸脯卻散發著夕陽撫摸過的絲絲溫暖。

我長住在另一座大島。來到這個小島上，已跟所有的情愛隔著一道海，思念宛如那東北季風激起的浪花，一波緊隨一波，不曾停歇的起伏動盪。但是給我再柔軟的床鋪，再甜美的睡眠，我也不願意交換。

多數的人帶了睡袋，卻忘了枕頭。我建議大家不妨挑個石頭充當，說不定這些經由浪潮淘洗了千百年的石頭枕，比任何海螺收藏著更多的潮聲。

在礫灘上，我連續撿到兩個不一樣的瓶子，雖然都旋緊瓶蓋，從透明的瓶身往裡瞧去，卻空無一物。我看了又看，認定它絕不是哪個情人託大海捎來的，分明是歹徒從我居住的那座大島，寄來恐嚇大自然的瓶中信。

這些歹徒會不厭其煩地寄出恐嚇信件，有時是動物屍體，有時是工廠廢料，有時是整袋的垃圾，他們不輕易開口說出勒索的價碼，只冷眼旁觀等待著人類及其後代付出代價。

記得很多年前，我第一次搭乘漁船再接駁小船踏上小島的時候，這裡還有一個近百戶人家的村莊，還有一座香煙繚繞的媽祖廟，以及小學和軍隊。我曾在廟前一家雜貨店裡，吃了只澆淋糖水的刨冰，一群婦孺則圍在店門口，或蹲或站地看著店家用蓄電池供電的黑白電視，螢光幕畫面是飄著雪花的布袋戲《雲州大儒俠》。

小島沒有郵差，沒有交通船，但村裡多的是早出晚歸的漁夫，他們早上出海捕魚，抓了魚逕往對岸的大溪港或南方澳漁市場拍賣，下午再駕船回小島。因此，家戶日用品補給，甚至連島上駐軍的公文，都由來往的漁船攜帶。

等到我第二次登島，也是搭著漁船。它繞過龜尾後，停泊在離岸有些距離的水深處，駐軍出動六名穿著救生衣的士兵，下海推來用浮筒拼湊的平台接駁。這種平台「敞篷船」，仍由士兵泅水推著朝岸上去，為了穩定方向並增加速度，敞篷船前頭繫有一根繩索，繩索的另一端握在島上一群士兵的手裡，由他們像拔河那樣把大家拉上岸。

那時，媽祖已經跟著小島居民，跨海遷去大溪漁港的山坡上。廟，讓給了兵士們供奉的觀世音菩薩，媽祖只能隔個幾年，回一趟小島；山頭，讓給了迷宮般的戰備坑道；學校，讓給了營房；村莊，讓給了海埔姜、雙花蟛蜞菊、石板菜和許多野花草，以及失去屋梁瓦片的斷垣殘壁；防波堤，讓給了三角柱仙人掌和野百合。

每年七夕，再也沒有居民會帶著紅棉繩串著古銅錢，捧著米糕，背著嬰幼兒給山坡上的毛柿樹當義子了。這株早忘了自己年齡的老樹公，在上上世紀見到來台灣傳教的那個大鬍子洋人

早年登龜山島得由蛙人下海護航

馬偕博士時，已經有一大把年紀了。這些年，它只能呆呆地站在山坡上，俯視著海風吹過空蕩蕩的野地。

後來幾次再上小島，就有漂亮豪華的遊艇和導覽解說了。可惜有的導覽者太年輕，似乎還不太了解小島的過去。好在人們總是那麼健忘，也就少有人去探究計較。

我在睡前爬上防波堤，望著隔海那一抹閃閃爍爍的點點燈光，心底確實有點慌亂，因為我竟然笨得無法辨識自己長年居住的樓窗。

星星開始在空中點亮，天上有些稀稀疏疏的雲朵，遮去星星的亮光。我說大家一起用力吹口氣，也許能夠把那些雲朵吹跑吧！

寫散文、寫小說，過了五十歲開始寫詩的老友，突然帶著些微酒意坐在我身邊，用手指著天上陸續添增的星群問我：「像我們這樣上了年紀的，看著這些星星還能寫什麼呢？」

我沒有答腔。回想起我第一次登島時，只有現在的一半歲數，當時不被允許在島上守到黃昏看落日及夜晚的星空，畢竟也陸續寫了些文章。如果不繼續寫作，歲月呀！又有誰能夠逃離你的魔掌？

在這樣美麗的夜色中，是不應該傷感的。我喃喃自語般地告訴這位曾經是電視名嘴的老友：「和天地相比，我們哪能算老呢？現在朝著你我眨眼的星光，可都是早在我們出生之前，在好多代祖宗出生之前，就亮了的。」

可當我回頭看這位老友時，他已經離開海灘，和另外一位小說家，坐在馬路另一邊的涼亭裡抽著菸。

大家都相信，一定會有夜行火車從海對岸經過。我不時朝著遠方一長列的橘紅色燈光搜尋，卻始終看不到任何一盞移動的燈光，移動的只有幾盞捕魚船隻所照射出令人不適的強光。大島和小島兩岸只有十公里的距離，隔著夜晚的海，竟然變得如此遙遠且神秘。

有一位工作人員受不了海浪潮聲誘惑，從行李袋裡翻出一只錄音筆，把海潮的聲音錄了下來，還四處播放向人炫耀，說她要把這些迷人的天籟帶回辦公室與同事分享。

她確實值得炫耀，島上滾動著大小石頭的海潮聲，真的非常特別。這也令我想起一本叫做《聶魯達的信差》的小說，以及改編自小說的電影《郵差》裡的一些情節。

小說描述的內容，是智利詩人聶魯達流亡某小島時，結識漁村裡唯一的郵差馬利歐的經過，詩人不但教他詩，還當他的戀愛顧問。後來這位寫下無數情詩的聶魯達獲准返回智利，卻非常想念小島的漁村生活，於是寄了一台錄音機請馬利歐幫他錄下——海邊居處的門鈴、浪打岩石的激越濤聲、海鷗的鳴叫、鐘塔的鐘聲、風過叢林的聲音，甚至沈默不語的星辰。

相信帶錄音機來的朋友，如果不曾讀過《聶魯達的信差》這本小說，或看過《郵差》這部電影，她一定不會想到要錄下天空裡星辰的沈默。所以，直到深夜，差不多所有的朋友都進入夢鄉之後，我還爬出睡袋，悄悄推開遊客服務中心的大門，躺在防波堤上，獨自享有整個天空的星星。

讓滿天的星星，只對著我一個人眨眼。

我躺在防波堤上，好像躺在星空下的搖籃裡，任由身旁的海浪拉扯推動著搖籃，輕輕地左右晃動。大海站在堤下的礫灘上唱著搖籃曲，哦，我說錯了！應該是一群大肚圍的聲樂家同時拉開嗓門，繞著我的搖籃進行多重唱。

詩人聶魯達沒有寄來錄音機，我是動用身上所有的感官去聆聽收錄。這樣等我明天離開龜山島，回到我住的城鎮時，你一定可以從我身上讀到小島上最美麗的星辰，且不必觸碰任何按鍵。

過去我一直以為，上蒼不想看到人間種種的醜陋和獸行，才把一天剖成兩半，一半白晝一半黑夜，讓人能有所隱藏。哪知道，黑夜竟然能夠如此美麗，如此純淨無邪。啊！連上蒼的思考都不周全，人間的諸種缺憾又算得了什麼？

第四輯

白蝶花

有人在市場賣野薑花，從這個小小攤子散發出來的香味，把市場潮濕腐爛的霉味趕走了大半。我一直覺得野薑花滿香滿好看的，但說它能夠賣錢，若在早幾年不但我不相信，恐怕所有鄉下人都不會相信。

我認得野薑花，已經讀小學。那時要到舅公家玩耍，就是由一條溝岸長滿野薑花的水圳帶路，那一路望不見盡頭的野薑花，所散發的香氣香得教人一路打噴嚏。

舅公住在宜蘭鄉下一大片稻田中間，五、六戶人家自成一個聚落，矮茅屋、綠竹圍，間夾著幾叢綠得比稻禾、野草都出色的香蕉林。到舅公家的路很好辨認，當公路快走到底，看清楚一所小學校門上的大字時，拐進一條彎彎曲曲的小路，小路傍著一條大水圳，路面比水圳寬度窄許多，中途還要經過一座閘門。

這時，水圳繼續筆直地向前流去，小路卻得急著右轉，緊接著又急著左拐，把人和腳踏車從水閘門的這一岸跨過那一岸，野薑花當然跟著從這一岸跨過那一岸。小路狠狠地連拐兩個急彎，測試著每個小孩子的膽量，野薑花卻絲毫不在乎，照樣開得嘻嘻哈哈。

不管走路或騎腳踏車到舅公家，每次經過閘門，在湍急的水聲中拐來拐去，多少覺得驚惶，好像從生死關頭繞過一回。

好在小路一邊鄰接稻田，一邊緊貼著水圳，野薑花密密麻麻地長在水圳與小路之間，讓走在小路上的人，多少會因此獲得一分安全感，宛如隔著一道美麗可靠的圍牆。

每年夏天，野薑花會白燦燦沿著小路也沿著水圳，手牽手把自己繫成一條閃亮的緞帶，一路鋪陳開去。只是這一長條飄舞的緞帶，不是讓人或腳踏車從上面踩過或輾過，它專供蝴蝶和一些小飛蟲蹦跳行走，人們最多只能夠用眼神在上面溜滑梯。

每個大人領著小孩經過時，總要不斷地提醒孩子：「看路！看路！小心跌進水圳裡。」有小孩不服氣地回一句：「人家蝴蝶和瓢蟲都可以不用看路。」

大人說：「蝴蝶和瓢蟲長有翅膀，你沒有。」

小孩還是不服氣嘟噥著：「蝴蝶和瓢蟲那麼小就長翅膀，為什麼我沒有翅膀？那我要等到幾歲，才會長出翅膀？」

有一次，我跟在舅公後面，舅公指著一路帶領我們的野薑花，告訴我說：「這些花叫白蝶花，最草賤，隨便拔一根往水邊丟就能活成一大片。」

舅公用白蝶花這個名字，顯然比野薑花好聽多了。尤其風吹過時，它們真的像一大群白色的蝴蝶，薄薄的翅膀還會上下的搧動，所以沒有蝴蝶來的時候，也像飛舞著成群的蝴蝶。

舅公從白蝶花叢中，挑了一穗花瓣謝掉的花萼，伸手摘取兩片，分一片給我，教我把它像包餡那樣對摺後，含在嘴唇上嘬吸得吱吱響。彷彿突然飛來一大群雀鳥，齊聚在廟前的大榕樹上嬉鬧。

可惜這片花萼被我折騰得熟爛了，也只能勉強冒出一兩聲小老鼠的驚叫。於是自己另選了一穗摘取，撈到手邊時卻瞥見葉叢處正躲著一條吐信的花蛇，嚇得趕緊縮手。

我問舅公：「為什麼那麼多的蝶花開開又爛掉，怎麼沒有人挖回家栽種，或拔回去插在花瓶裡？」舅公說：「因為這些花都是白色的。」

我不懂那白色的花有什麼不好。舅公說：「紅色才喜氣，要不然粉紅的，金黃的都可以，白色不討喜。最重要的是，白蝶花一開都會開得一大片，花開得太多了就粗俗，粗俗了就不稀奇，當然不值錢。」

「唉呀！等你長大就懂了，」走了幾步路後，舅公又回頭告訴我說：「做人也一樣，像我們種田的人，多得到處都是，誰都會瞧不起我們，日子過起來當然比人家辛苦。」

有些話我當時真的聽不懂，但我還是覺得白蝶花滿好看。如果一定要挑缺點，只能說它的葉子大得像舅公的腳ㄚ，不夠秀氣。不過，我沒敢把自己的想法告訴舅公，我也想過整條水圳邊開那麼多白蝶花，竟然沒有人要採它，一定是所有大人都認同舅公說的道理，白蝶花真的草賤，真的粗俗。

我甚至想，也許連白蝶花也覺得自己像舅公說的粗俗不好看，所以每天都賭氣似的綻放，大熱天裡照樣拚盡力氣開得到處都是。只要長著眼睛和鼻子，誰都逃不出它們所散發的濃郁芳香，以及興高采烈嬉鬧的氛圍。

實在沒想到，於今看來舅公的話好像說錯了，竟然有這麼一天，它們也會被人採到市場裡擺攤販售。也許真像賣花人說的，白蝶花已經越來越少了，很多水圳被砌上水泥護岸或加蓋成為路面，它們連站腳的地方都找不到了。

我看著塑膠桶裡那一束束等待出售的白蝶花，同時呼吸著童年記憶裡的花香，心裡頭百感交集。對人們這種遲來的眷顧，我不知道應當替白蝶花高興，還是為它們感到悲傷？

大粒日頭小粒米

火辣辣的太陽，把整個平原曬得無所遁逃。

房舍不能躲，道路不能躲，花樹不能躲，稻米果菜全都不能躲，連長了手腳的人也躲不掉。萬物奄奄一息，只剩下溪流像那無精打采的流浪狗，垂掛著長長的舌頭猛喘氣。

遇上這種幾乎點上火苗便能引燃的天氣，田野間的農路上，大半時間杳無人跡，看得到的就是載滿稻穀的鐵牛車來往奔馳，一路揚起熟透的稻穀和新割稻草的氣味。

記得讀小學時，只要從教室外頭漫進來這樣的香味，整個心思即跟著飛到田野裡。全班都知道要放暑假了，可以到田裡拾穗打泥巴仗，還有機會到割稻的同學家去吃炒米粉、米苔目，或綠豆湯、仙草冰。割稻日吃五頓，其中兩餐就是這些好吃的點心。

雖然老師教我們誦讀：「鋤禾日當午，汗滴禾下土；誰知盤中飧，粒粒皆辛苦。」甚至用毛筆字寫成標語，貼在牆上。小腦袋照舊拐不了彎，總覺得插秧割稻有點心，家裡吃米不用買，有田種才令人羨慕哩！

放學回家，嘴裡反覆吟唱著新學來的這首唐詩。阿嬤說，唱什麼碗糕？我學著老師那般費力地講解一番。阿嬤說：「真是憨孫，囉囉嗦嗦講了一大坨，還沒有咱老祖公講的簡單明白。」

我問阿嬤老祖公說過什麼？阿嬤頭也不抬地應了一句：「一粒米，百粒汗。」

接著阿嬤回頭問我，有沒有比老師說的好記？嘿！真的簡單多了，我一下便記住，不過第二天到學校卻不敢跟老師說。

以前割稻需要龐大人力，都採取換工方式。那就是我家割稻，你們來幫忙，你家割稻換我們去幫忙，村裡人手不夠，鄰村的也行。有個老農夫告訴我，一個割稻組合通常有六、七人，一天大約割掉三分半地。現在用割稻機，了不起兩個人花半個小時就清潔溜溜。

可老農夫還是忍不住用水亮的眼神炫耀說，一般人用鐮刀割稻，每回出手只能割下一叢，他從小練就好身手，一把便能夠割下兩叢。接著才突然洩了氣的說，新型的割稻機一口氣就是六行六行地邊往前走邊割下稻叢，且在同一瞬間脫下穀粒吐出稻草。唉！想來過去那種用鐮刀割稻、用腳踩著脫穀機脫穀殼，再挑回家攤在曬穀場接連曬幾天的方式，真是落伍了。

我認識宜蘭鄉下一個村長，他從事機械代割行業已經二十年。我在田裡找到他的時候，這一期稻作的收割已近尾聲，他整個人從頭到腳曬得烏漆墨黑的。

他說，中南部收割期比北部早，有了這樣的區隔，兩地的代工業者便學那遊牧民族，哪兒有稻子割便往哪兒去。所以，幾乎每個機械代割者身上，不但有宜蘭的日頭，也有中南部的日頭，不黑才怪。

我說賺錢總要付代價的。村長卻訴苦，一輛割稻機三百多萬元，載送它的卡車要一百多萬，全套的稻穀乾燥機器加上一棟鐵皮搭建的作業廠房，也要一百多萬元，攏總幾百萬元的設備絕不是一般農家所能負擔，因此才有代工業出現。宜蘭地區二期作大多休耕，一期作收割期頂多二十來天，代工業者天天出動也不過這二十來天，全年三百六十五天當中，三百四十天閒著，怎麼經營？

於是，全台灣的代工業者必須來來去去地奔波，但到一個新地頭，如果沒有老主顧，就得把一成的收益送給仲介，由他們牽線。村長狠狠地吸了一口菸，再用力吐出來，無奈的說：「想想有點嘔，但有稻子割總比讓機器閒著好。」

代工割稻究竟有多少利潤？村長說，代工一甲地從割稻、乾燥，到繳完餘糧、送交糧商，大約收兩萬八千元。且不說那幾百萬元機器設備投資的折損和利息負擔，光是作業所費工夫，由新割的穀子到能夠裝袋出門，六個作業人手忙進忙出、扛上扛下，前後至少要花二十幾個小時。加上不斷漲價的柴油煤油，花費的成本更是可觀。總結下來，大概只能勉強賺到這六個人的工資吧！

工作人員每天從早上七點鐘忙到晚上十點鐘，長時間處於酷熱和機械噪音之中，渾身上下曬得跟非洲土人沒什麼兩樣，身上彷彿遍佈著出水的泉孔。每個人工作期間至少灌下二十公升的水，卻全教汗水給流光了，根本輪不到尿尿。日曬汗濕，汗濕日曬，有人皮膚遍長痱子、疹子、水泡，有人動輒中暑，想賺這個工錢還得要有這個命。

近幾年來，新型的割稻機作業速度增快，駕駛室還裝有冷氣。但成本太高，半數以上的代工業者還是照樣操作較為舊型的割稻機，駕駛座上張著一把大大的太陽傘。這其中不乏新創業的年輕人，接人家的二手機器。

擁有田地的農民把割稻交給代工業者，自己還能有多少收益？村長說，一甲地以一萬台斤的收成計算，可有十萬元的收益。但收割代工要付兩萬八千元，先前的翻耕、播種、插秧、施肥、除草、噴藥，已花掉三萬塊到四萬塊的成本，農民到最後能留來養家活口的，頂多剩三、四萬塊錢，這是最好的盤算，真的能有多少收成還要看老天爺臉色，得風調雨順才成。

最近一期作，老天爺給面子，大家收成不錯。宜蘭鄉下有人一甲田收成高達一萬二、三千台斤，但縱算收成加倍，全台灣的農夫也沒辦法專職，農閒時必須去打零工。可近年來工廠關的關、搬的搬，農民生活窘迫情形可想而知。

村長說，過去有幾分薄田，再打點零工，多少湊合著讓一家人過日子；現代家庭開銷大，年輕力壯的農家子弟如果不另謀他圖，想靠種田養家，恐怕只能等著喝農藥、燒木炭。所以田地大都由老一輩的自個兒撐著，要不乾脆交代工經營，屆時分些穀子回來。村長自己有個成年兒子當幫手，傳承代工衣缽，對實際的農耕生活卻相當陌生。

村長告訴兒子，如果不用機器代工，過去一個農夫一天勉強割個四擔稻穀，約合四百台斤。兒子問，用什麼擔？村長說，稻穀裝在米籮裡用扁擔挑，一次挑兩個米籮叫一擔。

兒子再問，什麼是米籮？村長先張開雙臂，想比劃個大圓圈，卻合不攏，只好將就著說：「大概這麼大，兩尺高，上框圓的、底下方的，用竹子削片編的籮筐。」兒子搖搖頭說沒見過。村長說：「你當然沒見過，現代人根本挑不動。」

看來，新一代農夫想認識自己父祖輩使用的犁、耙、耰、碌碡、土拖、風鼓、脫穀機，以及米籮、簸箕、篩仔、秧苗簍子等農具，恐怕只能到農具博物館去看模型了。

在礁溪塭底，早年有大片低窪的泥淖田，人踩下去立即陷到膝蓋，甚至深及肚臍，農夫下田要套上充氣的汽車內胎，或在腿上綁竹筒。割稻

沒有烘乾設備前只能靠太陽曬穀

時，脫穀機坐在小木船上，這種農耕方式曾蔚為奇觀。現在那片低窪田已經換了有錢的主人，不種稻了。

只是農村裡依舊不乏現代傳奇，像那鮮少人車通行的田野，農路卻密如蛛網，沒隔幾畦田盡是橫橫直直的柏油路，且一條路少不得豎幾十盞路燈，入夜後不見半個人影走動，照樣亮如白晝。

一些當官當民意代表的滿足了虛榮，說是地方建設成果，但稻子卻遭了殃。原本按部就班慢工細活地滋長著的稻子，經過白天大粒日頭照射，好不容易等到夜晚可以歇息喘氣，卻被路燈繼續瞪開大眼瞧著，如此夜以繼日不眠不休地迫使稻子加快抽長的結果，長出來的稻穗盡是扁扁空空，不見絲毫汁囊的穀殼子。

尚無空調的老式割稻機

農夫生氣，便動手幫這些亮著的路燈戴上黑色塑膠袋，那種場景彷彿電視影集裡被恐怖份子綁架的人質，蒙著黑色頭罩。竟然沒有哪個官員瞧見。

村長的乾燥機房裡，空氣中瀰漫著煙霧般的灰塵。但不管是再多再大的灰塵、熱氣和噪音，仍會有一夥老農夫把這兒當廟口，他們照樣吸菸喝茶，照樣有一搭沒一搭地拉開嗓門聊天。

有個老農夫告訴我，他們那一世代的運氣不算壞。我問他這話怎麼說？他搔搔頭想了想，然後指著高踞天空的烈陽，大聲地回答：「現在的日頭，好像比古早的大粒多了。」

鳥劫

老鄉

休耕田裡，水深得風吹便起小小波浪，每個浪尖都有一粒光珠子在滾動。風不斷吹，田裡就不停地鼓動著波浪，閃爍著密密麻麻的亮光。

到處可以發現用竹竿張架的網子，比排球場上的網子還寬、還長，網目也細密。風吹過時，隱約還會發出一陣陣咻咻的響聲。

有一張網子上纏著一隻鳥。距離不近，很難看清楚是風吹動了網子，還是小鳥夾在網目間掙扎。幾個拆除隊員一起走向那水汪汪的休耕田裡，隨即分成幾路，準備用開山刀砍斷架著鳥網的竹竿，進行割除網具工作。他們走在有著小波浪的水田裡，小波浪立即被犁翻成大波浪，四處響起潑刺潑刺的水聲。

一個戴著藍色鴨舌帽的隊員，老家在大陸北方，自稱和大多數水鳥是老鄉。只見他在深水的田裡走得最快，快速的腳步使他整個身子向前傾著，像隻被追趕卻飛不起來的鴨子，只能全力撲打翅膀、伸長脖子，直奔掛著鳥兒的那面網。然後回頭朝我高興的喊著說，鳥還活著。

當他割斷網子，取下那隻被困的小鳥，氣咻咻的把牠交到我手上時，許多尼龍網的線頭仍緊緊的纏繞在小鳥身上，彷彿一個哀傷無助的人，裹了一襲破破爛爛的黑色衣衫。

我發現小鳥頸子和翅膀的筋骨已讓網線扯斷，美麗的棕色及白色羽毛上，沾著斑斑血跡。戴鴨舌帽的老鄉似乎不相信牠已經斷氣，睜著大眼珠子朝我手上看，一再的強調牠還活著。我只得告訴他，鳥兒已經死了。他說，怎麼會？小鳥剛剛明明活著的，真的活著，身上還可以摸到溫溫的。怎麼會？怎麼會死呢？

一個孩子似的，結結巴巴的自言自語，連帶比手劃腳，用以證明他說的不是謊話。

我合攏鳥兒的翅膀，用手捧著。的確可以感覺到牠身上尚有一股微溫，

吊掛在秧田上示警的麻雀屍體

只是牠頭往下垂，再也無法展翅回到北方的家了。

我把手上的鳥兒放在田埂邊的草叢裡，此刻卻不敢正眼看那個戴鴨舌帽老鄉的表情。直到離開的時候，瞥見他摘下頭上的帽子，以它包著小鳥的屍身，然後揮動開山刀，在河邊掘了個小坑，把帽子和小鳥一塊兒埋進土裡。

兩張照片

朋友喜歡賞鳥，又愛拍照。有一天，他送我兩張鳥的照片。

照片拍得不算好，一張是三個花網袋裡，裝滿了幾十隻活生生的鷸鴴科水鳥；另一張則是烤成焦褐色的小鳥，被用竹片穿成一串串。

看到照片畫面，在我腦子裡的映像幕上，同時出現的卻是納粹集中營裡，面臨死神而睜著大眼珠的一群猶太人；以及納粹焚化爐前，那成堆的骨骸。

畫面經常重疊再現，有些時刻竟教我難以分辨朋友送的，到底是哪一種照片。那個下午，我在書房打盹，便夢見自己走在一片千萬里無鳥獸、無人跡、無草花林木的劫後荒地。而這樣的所在，分明是我過去熟悉的美麗田園。我不知道原本多采多姿的大地，為什麼在夢裡突然走樣。

我甚至夢見，手裡的照片像被水浸泡過，印有影像的那層薄膜，逐漸浮起剝離，最後在相紙上，竟只剩下一些斑斑點點，難以辨識的跡痕。

對天地從熟悉變陌生，即使在夢中都會令人手足無措。

趕鳥

曾經有一年，和市民代表到枕頭山附近的垃圾掩埋處理場，看到垃圾堆積成山，在熱空氣中散發著臭味。

管理員正操作一部小型推土機，鏟平垃圾。一大群穿白紗的鷺鷥和一大群穿著黑色禮服的八哥，正圍著慢慢前進的推土機團團轉，爭相擺動翅膀的搶奪新翻垃圾堆裡的蟲蛆。我越走越近，直到可以看清鳥喙及蟲子時，牠們才撲撲拍拍的驚飛開去。

管理員告訴我，機器聲太大，牠們又專心搶蟲子吃，不然才不會讓人靠得太近。

「為什麼小鳥就不怕你呢？」

管理員說：「我不捉牠們呀！」

我再問：「有誰捉鳥？」

他說：「常有幾個年輕人帶網子來佈陷阱捉八哥，我一出面阻止，對方往往凶巴巴的想打架，說什麼垃圾場不是我的，鳥更不是我養的，憑什麼管閒事。還有些年輕人更壞，知道我不好惹，竟然趁我不注意時找鳥群出氣，躲在附近林子裡，用彈弓或撿石子朝鳥群亂打。」

我想，群鳥有避開生人的警覺，加上一名盡職的守護神，真是幸運。

事隔幾個月，當秋天快過去的時候，天涼了垃圾的臭味會淡些，我帶著朋友到垃圾場想看鷺鷥和八哥，卻發現鳥兒少了很多。我問管理員為什麼？他說，附近村民抗議垃圾場髒臭，所以整個夏天裡，天天都得噴藥，鳥兒搶著吃藥死的蟲蛆，他又趕不走牠們，等牠們吃飽飛走了，命也保不住了，能夠飛回來的鳥兒，當然越來越少。

我和朋友聽了都很難過，不約而同的從地上撿起一把石子，只要看到鳥兒停止擺動翅膀準備落地覓食之際，就用力擲出石子去驚嚇牠們。

看我們用石子趕鳥，管理員的臉上顯出很複雜的表情。但隔了一會，他也跟著我們揮舞雙手，大吼大叫的趕鳥。

我喜歡看鳥，喜歡看鳥兒自由自在的飛，自由自在的覓食。相信朋友也是，管理員也如此。那一刻，我卻不免惶惑，自己應該懷著什麼樣的一種心情，去看那些鳥？

鷺鷥和八哥被驚走一陣，朝垃圾場外繞飛幾圈，又在離我們遠一點的角落落地覓食。我們追過去再趕，牠們便再飛一陣子。

也許，該惶惑的應當是那些鳥吧！牠們到魚塭撿食要遭驅逐，飛到垃圾場來撿垃圾吃，人們竟然也要攆。

如果任何人是鳥，一定會問：「到底是誰弄錯了章法？」

問號

當學生的時候，教書法的老教授喜歡買福利社的包子當點心。藝術館與福利社，由一條林蔭小徑銜接，最常見的風光是，人在樹下走，鳥在枝頭唱。有一回，老教授吃下兩個包子後，逸興遄飛的在宣紙上寫下條幅說：「為愛鳥聲多種樹。」當同學們把它釘在牆上時，雖然墨瀋未乾，卻已讓人覺得整棟藝術館周圍的綠樹上，頃刻間都停著鳥兒。鳥語好像在老教授放下毛筆站起身子的剎那，一聲令下的，統統從每個窗口，每一道門湧了進來，久久不絕。

讀過的詩詞不少，有很多無法記牢，但老教授吃完點心寫下的那張條幅，多少年來，只要看到樹或是聽到鳥聲，都會想起。

世事多變化，如今有許多鳥被網捕獵殺，有些鳥陳屍在剛噴農藥的田裡。鳥兒漸漸少了，種了樹又如何呢？還有一些樹歷經風霜雨雪，好不容易長大了，卻又在旦夕之間被砍掉，如此種了樹又能聽到多少鳥聲呢？

這是老教授當年未曾想到的，而今老教授已故世多年，我只能在記憶裡那「為愛鳥聲多種樹」的字句下，偷偷的加個問號了。

路小天空大

三年來，我固定循著一條路騎腳踏車。只要不下大雨或颳大風，一星期總有五、六個黃昏，來回在這條宜蘭市郊通壯圍鄉間的農路上。

頭幾個月，每天面對單調熟悉的景物，騎著騎著難免覺得像上下班那樣，自顧自地怨嘆。於是，在這可快可慢、可走可停的閒散行程中，我會刻意停下來，看農夫引水灌田或抓福壽螺，看農耕機械在田裡兜圈子插秧割稻，看人家在路邊的菜園翻土種菜；或是一路騎一路追著風的無影腳，看它們在結實纍纍的稻穗上跳舞，甚至像群無賴橫躺翻滾，很快便破解了類似上班族那種無趣的心緒。

農路寬度僅夠小客車勉強交會，路小不打緊，嚇人的是兩側還有灌溉溝或排水溝貼身伺候。選擇這條路，主要貪它在大多時段車少人少，對一個散步或騎著腳踏車的閒人而言，夠寬了。

遇到整條路單剩我一輛腳踏車的時刻，心底想做的一件事，是放開龍頭上的雙手，信馬由轠。可惜年少學車時膽子太小，一直不敢嘗試，怕摔傷自己更怕摔壞家裡唯一的腳踏車，後來幾十年身上只剩一把老骨頭，禁不起跌跤，就再也學不會了。

宜蘭鄉間有很多類似的農路，路小天空大。而這條連接市區和鄉間的東西向道路，讓我在黃昏下鄉時能夠背著夕陽；待我折返市區，迎面的老太陽已經撐不開眼皮，只能把下巴頦擱在山脊上打盹，當然懶得正眼瞧我。

該怪就怪在路小天空大吧！

騎乘其間猶如進出自家庭院，腦袋瓜特別容易恍神。老覺得自己胯下騎的，並非捷安特也不是美利達，而是和一千八百年前關老爺騎同樣的赤兔馬；另一些時候，竟然發現自己已經跟那個齊天大聖稱兄道弟，隨即借來他四百多年前封存的觔斗雲，輕巧地翻個觔斗，便能行個十萬八千里，便能遨遊四海。

儘管這些不過是少年時期的戲棚上，以及廟牆彩繪磁磚留下來的夢境，於今浮上眼前，卻真切無比。

遼闊敻遠的天空，大肚大量地敞開，甚至連凌空橫越的高壓電纜，聳立在田中央的高壓電鐵塔，路邊列隊向路過人車目迎目送的電線桿，都不算突兀礙眼。

路把兩旁的土地，全讓給水溝、稻田或菜園，所有的聚落退得遠遠的。設有庭院的豪宅式農舍，越來越稀有的古老竹圍，鋼筋水泥砌建的箱盒型住宅，大多零星分佈，站在一段距離外

路小天空大

冷眼旁觀。

半年多前，我讀到維也納一位年輕小說家寫的《一個人到世界盡頭》，書中描寫一個年紀和他相同的家居設計師，某天早晨一覺醒來，竟然發現周邊所有的人都失去蹤影。電話不通，網路連不上線，電視和收音機斷訊，整個城市陷入熟睡狀態。雖然到處留有人們才離開不久的跡證，找遍大大小小街道巷弄卻杳無人跡。

多瑙河的水照舊嘩嘩流淌，汽車照舊停在原本停放的位置動也不動，道路上的交通號誌照舊依序變換，所有的街燈到了夜間照舊放亮。整座城市，沒有貓狗的蹤影，天空中剩下雲朵飄浮，蚊蠅、蝴蝶、蜻蜓和鳥兒跟人們一樣，統統不知道躲到什麼地方去了。不但維也納、薩爾斯堡，連德國的紐倫堡、法國的加萊、英國的倫敦，都看不到人影。

我騎著車在宜蘭鄉下這條農路行進，腦子裡竟以為自己已經拐進他的小說世界去遊蕩。小說裡的虛幻場景和自己收進眼簾的景象，幾乎層層套疊而分不開，究竟孰真孰假孰虛孰實，全弄糊塗了。

好在路兩旁的田野，偶爾還是有成群的鷺鷥出沒，寬闊的天空偶爾還是有其他的鳥雀飛翔。絲毫不肯讓路的小飛蟲，更不時魯莽地橫越路面，撞得我滿頭滿臉，不讓我跟著小說家到世界盡頭。

到了農路末端，擋住地平線的高速公路上面，不斷有高矮不一、顏色各異的車輛駛過。它們更明確的提醒我，這裡不是小說家的維也納，我也不在小說裡。我只是在一條少有人車的農路上。

越是這麼一條粗陋的農路，越可能藏匿著耐人尋味的好風景，當然越得要一番耐心。說等待，好像也不必刻意去等待，一切自然會循序到來。

春天一到，野斑鳩先後咕咕叫個不停；一旦烏鶖充滿殺氣、怪聲尖叫，進而輪番低飛空襲路人，肯定是五、六月該牠們忙著築巢育雛的時節；白鷺鷥是常客，不計較晴雨，只要有農民割稻翻土，便跟在後頭撿蟲子吃。曾經被賞鳥人認為是稀客的埃及聖䴉，到了過年前後，總會忍不住好奇地趕來看熱鬧。

路邊的菜園面積都不大，我騎車路過常遇到的都是一些老人蹲在那兒除草施肥或澆水。稻子收割後，他們會弄來一些曬乾的稻草，鋪在青菜的腳掌上，不讓雜草胡鬧。

近年來，農民讓割稻機同時斬碎稻梗肥田，種菜的老人便找來人家淘汰的棉被衣物，一床床一件件的覆蓋在準備種植瓠瓜、南瓜的地面，供這些貼著地面蔓延的瓜藤，安心的舒展手腳。大地蓋著衣服和棉被，絕非都市人想像得到的場景。

一年當中，有很多時候，農民會搖把扇子或將雙手擱在背後，讓大地按著自己的興致去塗繪。一些很少人知道名字的野花野草，趕來湊熱鬧，原先只客氣地站在路旁溝邊搔首弄姿，後來覺得不過癮，竟然跑到田埂上撒野；臨插秧前的田地，翻耕之後蓄上水，彷彿一面鏡子映照

老太陽常在休耕田裡留下很多謎題

著天光，供那些自以為妖嬌美麗的雲朵，競相攬鏡自照。

老太陽猶如乩童起乩，不停地晃動那醉醺醺的紅臉盤，揮舞著狼牙棒。祂烘烤著休耕田，當它是畫符咒的黃紙，乾涸的泥地渴極了便龜裂成無數則的謎題，任誰也猜不透，大概只有天上的神仙才能解讀。

我曾經非常仔細地參觀過有關人體奧秘展覽，明白自己胸腔裡有一副外觀看來粉嫩漂亮的肝臟。醫師說，那肥滋滋的肝臟並不健康，除了注意飲食，要多運動，要有好心情，這就是最好的藥。

看來，那新綠秧苗和澄澈水光，那厚薄不一且飄浮不定的雲朵，那新翻的土塊和浸軟的濕泥，那新割的青草泌出的青澀味道，那群聚的魚蝦和飛鳥，全都是最好的藥引子。

這就不難明白，我會挑選這麼一條沒有任何商家街坊，沒有茶鋪子，沒有咖啡座，沒有任何一家餐飲店，連喝水都必須自備水壺的一條路徑。

也許，寡淡或喧囂本就各憑所好。我只能說出我喜歡的景致，走到我喜歡的路徑。

如果有人問我，這條大天空底下的小農路可有名稱？一時還真的不容易說得清楚。我在黃昏時騎行的這條農路，從頭到尾有好幾個不同的路名和巷名，同時要穿越三條都稱為「黎明」的橫向道路——黎明一路、黎明二路、黎明三路。

因此，明明走在一條農路上，地圖裡找到的，卻被分段割成女中路、東港路校舍巷、黎明三路某巷、黎明二路某巷、黎明一路某巷。

大部分的路段叫做黎明，若是大清早走來，理當有特別的興味。可惜我一向不慣早起，只能等黃昏時刻走在這條黎明路上。

我在農路騎個來回，距離不過八、九公里，而每天黃昏這一趟騎行，於我彷彿閱讀小說翻動頁面那樣，總是很快便沈迷於隱藏在字裡行間的情節和意涵，而且綿綿長長。

芒花大地

鳥類學家研究候鳥，認為牠們在一定時節就會出現「遷徙的衝動」。不知道有沒有人研究過芒花，那遍地長著的野草，是不是也有一種衝動。不然為什麼一到秋天，就浩浩蕩蕩的白了開來。

反正蘭陽溪的芒花是風吹便會傳染開的病。原野從鬢邊開始病起，一波接一波，白茸茸的。儘管天地寬闊，卻也讓人不得不擔心如此不知死活的拓展出去，會漫泛到什麼地界。

思鄉的心情，已成為
一種很難遏阻的傳染病
最常見的是那一頭白髮
在風裡飄動，飄動

冬陽、芒花、枯草和我

有一次，我想用詩寫芒花，開頭有幾句正是這樣寫。

想像中覆蓋著雪花的北方，就是這個樣子的吧！不僅是我，連南來避寒的野鴨，都是這麼呆楞楞的看著。山和村落，跟著站得遠遠的靜觀其變。

我把車駛進蘭陽溪邊的崙埤與玉蘭之間的河床便道，曾驚起四、五隻野鴨，牠們從車子左側的芒草叢中，振翅掠過我前方，飛越河道上空，消逝在右前方更大一片芒草原裡。那芒草原不停的翻騰白浪，使我無法確定那幾隻受驚的野鴨，落在哪一個角落。

白茫茫的芒花，不停的鼓譟，唱著低沈的歌曲，喊著沙啞的口號，向我的車子抗議示威，同時把車子從河床便道逼回公路。其實在乾淨平坦的傍山公路上疾駛，也很爽快，那種感覺一樣宛如夢境。

看著那寬寬闊闊的河床，我想像自己握著方向盤的手，正舉起一管烏亮的長槍。扳機一扣，即擊發出去一種不是金屬、也不是光線的子彈，它是一種壓縮在速度裡的聲音。當它越過那河水和那白茫茫的芒花原，然後才一聲鑼響般的爆炸開來，讓對岸的每個人聽到。

這樣的子彈炸開來，也許是一句沒頭沒尾的歌聲，也許是一句怪叫，聽了會忍不住發笑的那種。

我也想過，自己正操縱那無聲無息的滑翔翼，用老鷹那種不必鼓動翅膀的姿勢盤旋。

很多時刻，我覺得整個河床靜悄悄的。水流著，翻過突出的大石頭，激成一簇簇白色浪花，實際上它只是耍了一個花招，以浪花遮人耳目，真正的主力卻箭似的鑽進深處，扭轉成一股漩渦，再鑽出衝向另一塊突起的大石頭。只要不被那嘩嘩啦啦所騙，對流水的把戲，便可一覽無遺。

芒花也是，它們前後推擠，激成那一股股白色波浪，像海。當我把視線投向遠方，只見前呼後擁的浪潮，你追我趕。一切聲音被風聲所掩遮，像電影技師忘了打開音響開關。

我把車停下來，耳朵裡彷彿推開一層隔音玻璃，那漲滿天地間的嘩嘩啦啦滔天巨浪，立即從四面八方每個針孔隙縫鑽了進來，先繞成一個尖銳漩渦，在耳畔轉著轉著，才把我身體裡所有的空間塞得滿滿盈盈的。

最荒謬的念頭，是想一個人扒光衣服，連手表、戒指、眼鏡都不戴，上下光溜溜的在芒花原裡奔跑穿梭，若能騰躍在那白滾滾的波浪頂上更好。或是高高興興的順風撒一泡尿，縱使讓人瞧見，驚訝一番，也沒有什麼不妥。

只是，有些時候我會覺得，看不見任何人的河床，是一個巨人張開四肢躺在那兒，白花花的長髮和鬍鬚，隨著他的鼾聲鼻息起伏。誰也不敢踰越雷池一步，因為他可能在任何一刻醒來。那時候，嘿嘿！到那時候，恐怕連喊聲救命都來不及，更別說逃走。

踩油門的腳掌，稍稍使勁，車子便箭矢般飛駛出去，輪胎急速輾過平坦路面，不斷發出嘶嘶的響聲。哦，也許不是車行的聲音，也許是芒花原傳來的聲音。但在此刻，實在不容易辨得真。

思鄉的心情，已成為
一種很難抑住的喘氣
最怕聽的是那輕輕的話語
在你起伏的胸脯上傳遞

那一次，我想用詩寫芒花，其中有幾句正是這樣寫的。

過去，我喜歡利用日落前一個小時，把車開到冬山河及蘭陽溪連接的堤防。尤其在出海口那一段，堤的兩邊往往被芒花圍成籬笆，穿行其間彷彿走進拱形隧道裡。

孩子問我前面會是哪裡？我說可能是唐朝的長安，他們背過有關長安的詩，便忍不住搗著嘴笑。繞上濱海公路後，孩子竟然沒說我騙人。

還有一個黃昏，我在竹安河口看見一個農夫和他的兒子，一起割取芒花。芒花長得比孩子高，芒草葉子把那小學生模樣的孩子臉上，劃了幾道新舊跡痕，新劃出的傷痕上泌著小血珠，他卻看著我傻笑。

小時候，手臂曾被芒草割破，那種感覺就像被細齒鋸子鋸到，很痛而且癢癢的，用嘴吮了半天，還會泌出血珠子。結疤以後，那一道跡痕和考試卷裡每條是非題底下的虛線一個樣子。

那個歲月，我們採下芒花扮薛平貴回寒窯時戴的鬍子，對手臂上的傷痕一點也不在乎；眼前那孩子和父親割大捆大捆芒花，並不是要扮薛平貴，而是準備賣給人家紮掃帚。也許，他和父親一起，所以割傷了也不在乎。

思鄉的心情，已成為
一把細齒的銳利鋸子
不停的在我心底拉來扯去
傷痕縱然結疤
還會有些痛，有些癢

我在那首寫芒花的詩裡，正是用了這麼幾句當結尾。

黃昏的溪流

宜蘭人都知道有冬山河與蘭陽溪，卻不一定曉得還有一條比它們美麗千百倍的宜蘭河。

宜蘭河的美，不像冬山河那樣妖嬌，敷粉擦胭脂，還戴著俗艷的珠寶；也不像蘭陽溪那樣邋裡邋遢，一個嗜酒又不修邊幅的流浪漢。宜蘭河總是素素樸樸的，宛如常在廟口遇見的阿公阿嬤，他們面帶微笑，常會講些好聽的故事。

到宜蘭河堤防散步，幾乎和閱讀、寫作一樣，都是我的日課。春夏，我在下午六點鐘離開書房；秋冬，日頭短，我提早一兩個鐘頭出門。這時，夕陽將沈未沈，彷彿等著我去送行。也有一些時候，不知道它是躲進層層疊疊的群山打盹，或是撲通一聲掉進河裡，拱手讓暮色統領大地。

我散步的路線，先穿過一條門戶大都緊閉，偶有一兩個孤單老人走動的眷村巷道，再走一段田間小路，然後爬上堤防。但夏天小徑雜草叢生，不易辨識路況，我只好順著軍營圍牆，再爬上營區後方的南岸堤防，跨橋過河，沿著北岸堤防向著群山走去。

堤防下，由廣大的麻竹園和果園佔據，村舍聚集在這一大片翠綠平野的遠方。河邊高灘地，有如一本攤開的《四時果蔬大全》，專供才從市區溜出來的人閱讀。

這裡那裡，點綴著萵苣和紅色或綠色的地瓜葉，花生往往結伴藏在野草地裡，幾棵香蕉樹站得老氣橫秋，鳳梨會掀起衣襟從頭頂摀蓋自己的頭臉，玉米是幼稚班裡的乖寶寶排著路隊準備去遠足，不斷擴張版圖的南瓜藤竟然試圖爬上陡峭的堤防邊坡。

北岸水湄，有一處五、六十公尺長，四、五公尺寬，帶狀分佈的蘆葦叢，是方圓幾公里內難得一見的鷺鷥林，許多白鷺鷥在此築巢群居，間或有幾隻灰色的夜鷺飛來作客。過了一個春天加一個夏天，原本蒼翠的蘆葦叢，顏色越見枯黃，高度也日漸坍塌，看來已不勝負荷。但在竹圍和樹林急遽消失的情況下，這兒或許還真的是牠們舒適的家園。

我散步的時刻，大部分的白鷺鷥已經停棲在蘆葦叢頂端，卻總會有幾隻晚歸的鷺鷥，還在河面上空兜著圈子遊蕩。牠們極力地展開翅膀，先以優美的滑翔姿勢，向著蘆葦叢飛去，看來已覓妥即將棲息的位置，未料會再度搧動翅膀，掠過那些整理窩巢的伙伴，繼續貼著河面，朝落日的金光飛去，經過兩處河灣，再依依不捨地調頭，彷彿對準映著夕陽的河面攬鏡梳妝，讓金色的光芒鑲在每一根羽毛末梢，然後沿著剛剛掠過的河道上空，緩緩地回到蘆葦叢。

我的腳步常隨著這些遊逛的鷺鷥移動，先是迎著夕陽朝前邁進，再跟著牠們調轉過身子，以倒退走的方式繼續向落日的方向走去。一面看著牠們背著金燦亮光，陸續飛回蘆葦叢，一面看著自己的影子被夕陽越拉越長。

這種為了讓目光追隨那調頭飛翔的鷺鷥，時而倒退走的散步方式，連自己都覺得整個人也像那鳥一樣，自由自在地在河道上空迴轉盤旋，且很快成為我的隨興遊戲，樂此不疲。

鷺鷥最後一趟巡航，看來不像是為了找尋晚餐，或為黑夜來臨準備宵夜。也許，牠們像我，經過一天的閱讀和寫作之後，必須要活動一下筋骨，紓解心中的鬱結或困惑吧！黃昏歸鳥，如果遇到一樹麻雀或其他的鳥類，肯定吱吱喳喳地爭論個不休，而鷺鷥畢竟是紳士，牠們只禮貌性地彼此打個招呼。

熟悉的山影，在晴空下分不出太多的層次，卻在黃昏時刻褪下一件又一件華麗的衣飾。我想，群山在此刻設下多層次的佈局，定是怕落日迷路，怕那個喝得滿臉通紅、醉醺醺的太陽公公，不小心跌跤吧！

氣象局說有颱風逼近台灣，那些鷺鷥和夜鷺或許知道天氣即將變化，或許並不清楚。縱算知道又能怎麼樣？牠們這樣的家，沒有門沒有窗，也沒有梁柱屋瓦和磚牆。只要山區或平原的半天豪大雨，可能就把蘆葦叢淹沒，甚至夷平。

我們所在的住居，不也如此嗎？水源能源一天天減少，氣溫一年年升高，空氣一天比一天汙濁，糧食一年比一年短缺。人們知道嗎？或許知道，或許並不清楚。而知道又能怎麼樣？大家照樣開著車四處跑，照樣全天候地開著空調，夜間無人行走的田野裡照樣燈火通明，照樣吃大餐，照樣糟蹋水源，照樣肆無忌憚地把海洋當作垃圾場。

我在北岸堤防走了一段時間，會遇到河上游另一座橋。有時我過橋，從南岸堤防往回走，但南岸堤下的水防道路車輛多，感覺不如北岸安靜，空氣也沒有北岸乾淨，所以我大半還是順著原路走回家。

這時候，天色逐漸暗下來，高攤地上的《四時果蔬大全》跟著把書頁合攏，只剩河面依舊映著些許銀亮的光。

朝著我來時的市區望去，一幢一幢樓房紛紛亮起燈光，先是零零落落，很快就繁如星朵。看來，只有蘆葦叢裡的那些鳥兒，才真的跟著太陽一起作息。

渡船頭

宜蘭河流入大海之前，原本有一個渡船頭。那是河口村莊的農民為了到對岸種田種菜而設置的，相傳已經有好幾代人。

渡船頭在一條小路盡頭，碼頭只是一塊可以繫纜繩的空地，但附近河堤、水閘門、河岸、村莊卻因人少荒僻，而掩映著讓人說不出的美。我常在做完一天的工作之後，開車到渡船頭一帶，尤其是有點心事的日子，到渡船頭看流水和斜陽，似乎便可以用那粼粼波光滌清一身疲累或煩憂。

和老渡船，和宜蘭河，和雜樹野草，和幾隻小狗，我們彼此熟識如老友。雖然需要互相對話的情況不多，甚至始終不曾交談，卻每一刻都好像喝得醉醺醺似的，各自說著對方不一定聽得懂的話語。

有時，則和川端康成、和契訶夫、和吉辛、和高爾基、和普魯斯特一起。如果不談寫作，不談節氣和農作物，不談風花雪月，也會忙著各自尋思。

華麗的翡翠掠過水面，停在對岸一棵老樹的枯枝上。這種在鄉下被叫做「釣魚翁」的鳥，過去是沒人憐惜的，好幾十年來都是這樣，牠只能靠著精確的狩獵技巧獨自謀生。我的感受是，似乎辜負了牠一身的美豔。

向東流去的河水，毫不猶豫。似乎明知人間歲月可能什麼也留不住，任便每一滴每一勺都能無牽無掛的坦然割捨。回想過去，從不知道自己在營造什麼，恰似那河水，只顧不停的向前流逝。在時光的軌道中，曾閃耀著青春的火焰，時而溫文，時而騰躍狂野。

一旦手上的蘆笛出現裂紋，原本清新的曲調，很快吟唱成沙啞的老歌。不停流動的河水與我，竟讓我萌生一股相見恨晚的感受。我坐在岸邊看著流水，看著天光雲朵飄浮在盪漾的水波上，看著對岸的竹叢雜樹倒影，不停的被流水擺弄拉扯。

有一回，當地人邀我在晚間來看他們划船捉土龍；還有一次，邀我到附近的廟裡看夜戲。我很想一窺夜晚的渡船頭，卻一直沒能找到時間。

每次在渡船頭徘徊，我發現自己常有一種怪症狀，發作時，竟然能夠讓自己離開身體。高高興興的跑開，宛如自身的影子，跟在自己背後唱歌狂笑。當我沈著臉瞧著那個和自己一模一樣的人時，他立刻閃躲，以為我們正在玩捉迷藏的遊戲。不過儘管他躲得再快再遠，我總能夠很快的找到他，在樹叢邊看見他無意露出的腳丫，要不然就在附近的草堆旁，在老渡船的肚腹裡。

平常工作或寫作的時候，老覺得自己一定遺漏些什麼。面對著悠悠河水，我才知道所忘掉的，竟然是自己。當我明白連自己都忘了置身何處時，我就不管別人知不知道我是誰，我在哪兒了。

在一次颱風來襲之前，村人把渡船抬上岸，結果任它成了承盛雨水的大缸，木料船板腐朽了，幾根蘆葦苗從裂縫中鑽了出來。渡船頭上游不遠處，已經興建一座大橋，看來這渡船也會像那流逝的河水，一去不復還了。

過去，我總是想任何人從此岸渡過，還是要拉著纜繩渡回來，大家都將難忘這樣一個起訖點。看來，我想的並不一定對，渡船頭這個不曾寫在任何文書上的地名，恐怕很快就會被人們遺忘。

宜蘭河口的渡船至上個世紀末才廢棄

回到少年的溪河

1

春天快結束的時候，朋友邀我搭船遊宜蘭河，讓我有機會回到少年時期的溪河。

在志書上，宜蘭河最早叫西勢大溪，一度改稱宜蘭川，後來才叫宜蘭河。人們對流水的排序，各地稱法不一，在我住過的鄉下，若要從小水溝往上數，大略是圳、港、溪，再來應該是大江大河。宜蘭河確實是流過我們村莊最大的一條流水，但村人從不稱它是河而叫溪，足見這排序並非鐵定的規矩。

對於這條打從村子邊上貼身蜿蜒的流水，村人可不管地圖上寫的白紙黑字是溪是川是河，世世代代都稱它為溪。例如到溪底摸蜆或撒網，到溪埔種菜或施肥，從溪邊挖來的竹筍，忙著送過溪給親戚；或者有人在溪裡罩到一米蘿魷魚，溪水漲了，溪水乾了，反正來來去去都叫溪。

這習慣從阿祖、阿公、阿爸一路傳承，不曾改變。

一條在平原蜿蜒不到二十公里、水道寬度大多只有一、二十公尺，了不起三十來公尺的水流，卻流向浩瀚無邊的太平洋，足夠容納每個少年漂泊的夢想，也讓那些夢想懸著一去便是海角天涯、煙水茫茫的膽寒心怯。

不管是美夢或恐懼，只要它與人親近，所有的雄心壯志肯定被如此了無形跡的心緒所牽掛，一寸一寸一步一步地跟隨著歲月成長、老去。

溪河也會隨著季節或天光而有不同的變化，有時河水像半透明的凍玉，像帶著喜氣的瑪瑙，像閃亮冰涼的水晶，媚惑著那個懵懂少年；有時則映著變化萬端的波光，騰跳著騷動的水花，彷彿被撥弄的琴弦，被熟練靈巧的樂手奮力彈擊的琴鍵，挑動著坐立不安的少年。

塑膠管筏出航時，應當高掛在天空的太陽，不知道躲在哪個角落打盹去了，既不在河面溜滑梯，也不在水底嬉戲，更不為兩岸的蘆葦叢和菜圃打扮。天色灰濛，還不時地飄著細雨。能夠融情入景的，無不迷離恍惚，跌蕩起伏。

船筏像裁紙刀般劃破水面，驚起的波紋迅即推向兩岸，等在岸邊的蘆葦叢很快用著輕聲細語應答，一面晃動著腦袋宛若吟誦詩詞。從暮春盼到初夏的蘆葦，剛脫離稚嫩，開始泛出翠綠亮光，逐漸顯露少年特有的青澀。彷彿一群已經排好整齊隊伍，個個面帶微笑，準備緩緩滑出舞步的男女學生。想當觀眾，此刻可不要隨便眨眼哦！抽出新葉的蘆葦，極可能在一個迴旋瞬間，即幻化出修長曼妙的腰身。

風吹著，雨絲掃著，不停地對那蘆葦搔癢，令它們忍不住地扭動腰肢，咯咯咯地笑成一團。年輕時從來不曾發現蘆葦會這麼美，總覺得它們盛氣凌人張牙舞爪，長到撐不直自己的腰桿，彎了腰駝了背照樣不肯罷休地頤指氣使，指指點點。

我和童伴會挑根老得橫躺到水面的蘆葦稈，每個人用小刀切下一小節，削成鴨嘴狀再嵌插蘆葉片，便是牛背上牧童吹奏的蘆笛，笛聲清脆響亮。幾十年過去，那一串串活潑的音符，始終在我耳畔迴盪，一如宜蘭河流漾的水聲。

尤其是高中畢業後，我離開家鄉那十幾年期間，記憶彷彿是閒置在鄉下居處牆壁上的掛鐘，沒有人去上緊發條。暗地裡，只有那稚嫩的蘆笛聲響，猶如一夥看不見的小精靈，不時輪番地去撥弄那鐘擺，讓它持續滴答滴答地響個不停。

2

這回暮春遊河，在細雨霏霏下，霧氣迷濛中，對我這個突然有了大把年紀的人，雨濕霧籠的何止春愁憂懷？有學問的人都說，時間會治癒所有人的傷口，歲月會撫平任何腫痛。其實，不全然如此。

當船筏經過一處水面映現長條切齊橫紋的河道，糖蜜的味道立即撲襲我那最不靈光的嗅覺。我告訴船上的朋友，這長條橫紋上方，早年有一座鐵路橋跨越，主要行駛載運甘蔗的小火車。在兩根鐵軌之間的枕木上，鋪著長條木板供人行走，它曾經拓印著我年少時的小小腳印。

橋廢了之後，連橋墩都被大水沖掉，留在水面下的橋墩基座，被農民串築成一道低於水面的攔水堰，好攔住基本水位讓岸邊的抽水馬達房抽水灌溉農田。這條藏在水底的攔水堰，僅在某個水位和流速下，願意透露水底的秘密，若隱若現地在水面用波紋比出暗號。

宜蘭河在半個世紀以前，差不多有半個世紀歲月和甘蔗脫離不了關係，水道裡航行著滿載甘蔗的駁仔船，兩岸高灘地種的盡是「日本仔甘蔗」。

民國初年，日本人在河邊首創以機械作為動力的製糖廠。沒隔多久，這些製糖機器就成了蘭陽溪對岸二結糖廠的開基祖。從印尼爪哇和南美引進製糖甘蔗，遍植宜蘭平原。這些外皮帶有青綠色澤的白甘蔗，鄉下人不論品種，統統叫它日本仔甘蔗。

二結糖廠築了三條載運甘蔗的小火車軌道，配合人力推送的輕便台車，架構密如蛛網的運蔗系統。其中一條通往太平山方向的小火車鐵軌，後來變成森林鐵路的一部分；另一條軌道，朝北橫跨蘭陽溪再分成兩岔，一路經過我住的村莊，然後越過宜蘭河。河上的駁仔船成群結隊地忙著把高灘地及沿河流域採收的甘蔗，運交小火車載走。

日本人發動太平洋戰爭，二結糖廠機器要拆往海南島途中，遭美軍飛機炸沈在海裡。小火車鐵軌則用牛車載到山邊興築戰備坑道，有的被拿去起造神風特攻隊通訊指揮中心的堡壘，充當鋼筋包夾在混凝土裡。

台灣光復第二年，宜蘭舊城外橋頭邊一家原本製造樹薯粉的工廠，改裝為製糖工廠。讓宜蘭河持續成為一條散發著糖蜜芳香的河域。日本人留下的那座沒有小火車通行的鐵路橋，儼然是村人和學童出入的捷徑。連南岸村莊要抬往後埤海邊公墓的棺材，都打從這條狹窄的橋上走過，省得繞道。

經過十幾年，宜蘭橋頭的糖廠經營不下去，河裡的繁華盛景跟著凋萎，駁仔船閒著只能淘點河沙做買賣，到了河沙不准隨便淘，船隻只好相繼扛上岸。

少了船隻的宜蘭河，似乎在一夕之間衰老許多。我那少年河上的美麗風景，似乎也被停格在日漸褪色且模糊的記憶裡。

河邊兩側的堤防開始用水泥砌築，彷彿兩道高牆，替代了處處長著野草雜樹，還結著桑葚和紅心芭樂的低矮土堤。早年在河邊高灘地上住了好幾代的竹圍人家，逐一遷離。秋冬固然盼不到白茫茫的甘蔗花穗，像啦啦隊比賽般高舉雙臂朝你歡呼，當然也不用再擔心背後藏著藤條的蔗園巡查，咬牙切齒地從你身邊冒出來，朝你的屁股上雕龍畫鳳。

日據時河上曾搭有木造吊橋，後來改建為鋼筋水泥橋，可吊橋頭這個地名照舊流傳了許多年。尤其橋上游那個叫豎流仔的河灣，和下游那個叫三角潭的河灣，更是傳說中水鬼群居的巢穴，早年真的收容了不少跳水尋短的冤魂，好在多年之後已看不出半點陰森，遠望仍不失為美麗的河灣。

我猜想，這些年河水受到汙染，且隨處都能取得農藥，買到毒品，更方便的還有瓦斯和高樓大廈，想不開的人再也不必跑遠路來跳水了。世居河灣底下漩渦裡的水鬼，在無人可供「抓交替」的困境下，勢必難以營生，大概早都溜之大吉了。

「死貓吊樹頭，死狗放水流」的年月已然消逝。河水卻承載著一隻散發著臭味的狗屍體，雜草和垃圾緊緊地糾纏在牠周邊，像是一張躺臥的眠床，順著水流浮動。河水的流速緩慢，那股異味也跟著船隻航行了很長一段航程。

沿途只看到一個年輕人，因為岸邊撒網時網具遭水底的雜物卡住，不得不下水清理，否則根本不會有人走進河裡。兩岸高灘地上，也看不到其他人親近水邊。僅有幾個上了年紀的人，能夠像石雕像般坐在岸邊垂釣。

人家說，任何人老了，身上多少會散發一些令人走避的古怪味道。我想，這河跟人一樣，肯定是老了。

3

以馬達推動的塑膠管筏，平常在河口一帶捕撈鰻苗，很少溯溪河深入內陸。它比起早年用

河口的舢舨仔及鴨母船

竹竿撐划的竹筏及駁仔船顯然神氣多了，卻遠不及大竹筒拼湊的竹筏和檜木釘製的駁仔船、鴨母船來得古樸優雅。

一位退休老師在航行途中，一次又一次往河裡撒網，網到最多的也是樹枝和垃圾。失去清澈的河水，讓人看不到悠游的魚蝦，更看不見水底的蜆和蚌殼。過了小火車鐵路橋舊址一段距離，才陸續網到幾條喜歡出沒在鹹淡摻雜水域的海魚。

在豎流仔的河灣，先後網到的幾條魚，包括福壽魚、豆仔魚、紅槽魚等。其中豆仔魚、紅槽魚皆為海魚。豆仔魚又叫大鱗鮻，和烏魚同屬鯔科，紅槽魚也稱為銀紋笛鯛，和赤筆仔、海雞母同屬笛鯛科。魚類圖鑑說，最大的紅槽魚體長一百二十公分，棲息在水深達一百公尺的海底礁石區。這次在河裡網到的紅槽大約二、三十公分，稱不上成魚，應該是準備游往海底礁石區的中型魚。因此在牠們鐵灰色的體側，分佈有七、八條非常顯眼的銀色帶紋。

身處如此熟悉的河道，難免想起自己少年時期在水裡摸蜆的場景。那個年月，村裡一幫孩童會在假日拎著小竹籃，打赤膊甚至脫掉褲子，光溜溜地跳進水深及腰的淺水處摸蜆。

摸蜆時一隻手探進水底，另一隻手抓住水面上放置河蜆的竹籃，摸著摸著，周邊往往會有成群的大魪魚翕張著大嘴巴趨近覓食，年紀小的孩童難免害怕慌張，直接的反應是鬆開手中的竹籃，迅速去護住胯下，免得那閃著刀刃般銀亮的魪魚或鯽仔魚鑽進褲襠；年紀大些的，只得趕緊往下游去追回被水流走的竹籃。

有時候，也會遇到停滿蒼蠅、散發臭味的禽畜浮屍，緊貼著身邊流過，大家只能手腳並用的使勁撥動水流，讓那禽畜浮屍遠離自己。結果，受驚嚇而飛起的蒼蠅立即轉移目標，繞著每個人的頭頂嗡嗡嗡地糾纏個沒完沒了。

摸蜆時如果碰上內急，通常就河裡解決。村裡的大人都說：「大茫溪水不差一泡尿」，想想應該也不差一坨屎。當那摻雜著鹹菜葉、芭樂子、玉米粒、青仁黑的豆瓣等等，五顏六色奇形怪狀的大小糞塊，像散兵游勇突然浮出水面，向下游漂去時，還會一邊打著轉轉。仔細瞧才發現，不知從哪兒群聚來密密麻麻的小魚兒，正兜著圈子搶食。

若是釣蝦，人根本不用下水，也不必持釣竿不需餌料。拎一截末端開叉的細棉繩，繫個小石頭當鉛丸墜子，選個站腳牢靠的岸邊，把它垂到河裡，很快便有好奇的大管蝦箝住棉繩鬚鬚，當成獵物拖著跑。不管有無經驗，只管迅速拉上棉繩，往往會有一至數尾蝦子成為囊中物。

玩伴裡有學大人做法，當場摘掉蝦頭、剝除蝦殼，把那近乎透明的蝦肉，嘖嘖嘖的嚼得津津有味。我跟著試了幾次，就是沒那個膽子。

4

從前的人不懂得什麼疏浚整治，大水把堤防沖出缺口，趕快運來草包填上土石堵塞；船隻走著走著擱淺了，立即下水拉縴，再不成，揪來親友掘深航道。

所以不管河床深淺，隨時總鋪著一層層最細最柔的沙子，每一顆細沙宛如同一家工廠的產品，形狀、大小皆屬相同規格。

有時候，頑皮的流水會把一些沙子堆疊成沙洲，如果這沙洲浮出水面太久，小鳥和小水鴨就會到這塊新生地歇腳，先是把它當作散步或慢跑的運動場，然後開始啄啄這裡，挖挖那裡，翻找自己喜歡的食物。當然不會忘記把野地裡吃進肚子的草籽樹籽，回饋撒播在沙洲上，等那些草長多了，那些樹長高了，便在那兒築巢養兒育女。沙洲有溪河流水環繞，野貓野狗和老鼠們身上沒長翅膀，很難來搗牠們的窩，偷牠們的蛋，擄走牠們的孩子。

少年的溪河，從不為天空掩飾，管你老天爺喜怒哀樂或興奮沮喪；也從不為大地隱藏，管你河底躲著什麼魚蝦，躲著什麼河蜆蚌殼什麼燒酒螺。少年的溪河，乾淨而清澈，正是一面天天擦拭得最為鋥亮的鏡子，映照著天地，從不隱晦含混。

於今，船隻不見了，沙洲不見了，小鳥和小水鴨不見了，許多魚蝦和河蜆蚌殼也不見了，回想昔日種種情景，心底格外悵然。猶如一個返鄉的遊子，明明穿梭在昔日居住過的村落巷道，眼下卻看不到任何一襲熟悉的人影，或一幅熟識的面孔。

這趟航程，我沒遇著少年時期在河裡熟識的魷魚、鯽魚、苦甘仔、草魚、鯰魚，縱使船到了河口地帶，也無緣見到「葫蘆頭、鐵釘尾」的土龍。

宜蘭河口的土龍遠近馳名，乍看有點像鰻魚或鱔魚，少肉多刺，習慣棲息在靠近河口的底泥，村人抓到牠都捨不得賣，自己留著泡酒燉煮，孝敬父母或年長的叔伯，說是滋補筋骨。

宜蘭濱海漁村濕氣重，不管種田或打魚，日子久了風寒濕氣容易鑽到關節筋骨裡頭，他們最懂得用這種代代相傳的土產偏方來防治。談到這裡，駕駛船筏的朋友嘆了一口氣說，不知道是水髒了還是其他因素，土龍一年比一年少見，偶爾網到釣到一條兩條，看到的人都會投以羨慕的眼光，讚說是抓到國寶了。

最近兩年，我常把河堤當作黃昏時的運動場，走在高高的堤防上看著蜿蜒的水流，宛若站在高高的陽台上，俯瞰著曾經日夜思慕的人從屋前走過。再也不管它是否保有細瘦的腰身，或是豐腴的體態，或是已經佝僂的身軀，忍不住還是想多看幾眼。

心裡細想，那少年與這溪河同樣都被時間追著跑。我究竟能看到什麼？聽到什麼？想到什麼？實在有些惘然。

我不斷提醒自己，已經回到少年時的溪河，且正航行在年輕時的夢境。可很顯然，視覺與記憶再也無法對焦，情感與現實再也無法妥協。

唉！究竟隔了多少年了？我不想去推算，一切恍如昨天，一切都像是翻閱同一本書的不同章節，類似的場景和類似的思緒，卻也只是類似。

熟稔或陌生，現實或夢境，往往不容易找到分明的界線。人生如此，天地亦然！

小說家與老樟樹

這篇文章的標題，我原先想寫的是〈我與小說家黃春明〉或是〈小說家黃春明與我〉，可我有些怕我那個老鄰居，那個有話直說的小說家說我臭屁，所以才把它改成〈小說家與老樟樹〉。

我不曾上過學校，連幼稚園都沒讀過，正是人們說的目不識丁。但身為小說家多年的老鄰居，二十幾年朝夕相處，呼吸著同樣的空氣，感受著同樣的晴天或雨天，聽著同樣的鳥叫，怎能不多少受點影響？

雖說我只是一棵樹，畢竟樹和石頭和泥巴不同。樹就是樹，會點頭會搖頭，會發新枝新葉，有時也會跳舞唱歌。連小說家都承認，樹也有靈魂。

人們讀過的書裡，有所謂近朱者怎麼樣，近墨者又怎麼樣的格言。做小說家的鄰居，能說點故事應當不算稀奇。

我小時候便喜歡宜蘭鄉下這片荒野地，它離山很近，離湖不遠，上個朝代的老地主把我和其他的樟樹成排的種下，只是作為界址。誰也沒料到，將近三十年前建商會在這裡蓋了兩排房子，我們變成站在人家狹窄的後院裡，礙手礙腳的，只要房子被買走，建商即幫忙砍樹。站在我右邊和左邊的那些兄弟，沒有一個逃得了斧鋸。

我想自己已是在劫難逃，每天做噩夢。從台北回宜蘭買房子的小說家卻告訴建商，他中意這一間，正因為屋後有棵大樟樹。建商趕緊巴結說，很多人把後院蓋成廚房，如果有需要，他可以把樹砍掉。

「凡事總有個先來後到呀！」小說家拉大嗓門：「這房子才蓋一年多，樟樹在這兒已經住了好幾十年。你幫我蓋廚房只要屋頂挖個洞，它就能夠繼續望著它的天空。」

建商一面數鈔票，一面心裡嘀咕——都說寫文章的、畫畫的，腦袋瓜總是怪怪的，真的沒說錯。

小說家從此成了我的鄰居，要說是房東也可以，我正住在他小小的廚房裡，膝蓋以上照舊享受著陽光和風雨。他在我身邊炒米粉、燉雞湯，常弄得我垂涎不已；他上二樓看書寫小說，也讓我在窗邊看得兩眼發直。

有時，他拿起畫筆畫油畫，把太太畫成笑瞇瞇的菩薩，還畫過巨幅的龜山島，竟然仿照古人畫水墨，在油畫上題了一首新詩；有時，他畫漫畫，畫最多的是烏龜和蝸牛。還有一些時候，抱回來一大落花花綠綠的雜誌，像鄰居的小學童做勞作那樣，把它們撕撕貼貼，變成風景或人群。

小說家藏身這個偏僻的鄉下寫作，卻交了不少民間友人，包括開素食店的、開日本料理店的、開雜貨店的，還有種菜的、養魚的、獵鳥的、專治跌打損傷的……

某一天，小說家突然想到現代人吃得太豐盛，既浪費又礙健康。於是突發奇想的下個決心，從第二天開始以受戒僧人為榜樣——過午不食。

如此經過四、五年，憑著早年打橄欖球和打架練就的骨架，這種簡約餐飲對他似乎沒有太大影響，甚至覺得吃得少精神反而好，他還以電話向住在美國的老爸炫耀遊說一番。但到了第六年，卻發現牙齦腫脹痠痛出血，口腔黏膜陸續長出一小塊一小塊青白色的苔斑，接著破皮潰爛，吃飯喝水都痛得受不了，吃了消炎藥、撒了消炎粉，皆不見好轉。

太太押著小說家向牙醫求診，牙醫師往口腔裡上下左右地瞧了一遍，便藉故把他太太叫到一旁，偷偷告訴她要有心理準備。暗示她說，如果小說家想吃什麼就讓他吃什麼，想到哪裡玩就高高興興陪他去玩吧！

夫妻倆垂頭喪氣回到家，小說家整天傷心地癱在椅子上，不斷地捶胸頓足：「怎麼會這樣，怎麼會這樣？我還有好多小說沒寫哩！」

第二天小說家心有不甘的跑到台大醫院，找一位耳鼻喉科的老教授診斷，老教授神情嚴肅地看過他的口腔後，只說症狀看來確實不好，必須進行切片採樣檢驗才能進一步確定病因。

又經過幾天幾夜的煎熬，才由檢驗結果證實並非不治之症，而是長期營養不良所引起的黏膜潰瘍。老教授好氣又好笑的告訴小說家，這怪不得牙醫師，在台灣連乞丐都不至於營養不良，全世界大概只有非洲一些部落，因為連年戰亂和飢荒才找得到像他這樣的病例。

小說家還有一則鮮為人知的故事。

應當是看到哈雷彗星那年，鄉下地方螞蟻特別多，先是在屋外的牆角爬來爬去，成群結隊地日夜行軍，只要人們稍不留神，即潛進屋裡做窩築巢，連我抬在半空中的胳肢窩、耳殼子也不例外。每個星期假日，小說家回台北和家人團聚，螞蟻便乘虛而入，他只好向鄰人請教防治之道，鄰人介紹他到農藥店買一種專治螞蟻的藥粉。

買到的藥盒上，密密麻麻的說明文字比螞蟻大不了多少。小說家請老闆教他怎麼用？老闆把右手拇指、食指和中指尖端湊在一起比劃著說，每隔個兩三天，捏幾撮子往螞蟻行經路徑上撒，牠們就不敢靠近了。

小說家照著撒，果然獲得神效。傍晚，他便放心地和朋友前往某戶人家，品嚐對方弄來的豬睪丸，兩粒豬睪丸用麻油跟老薑爆炒後淋上高粱酒燉煮，確實新鮮美味。幾個朋友都勸說，小說家經常用腦過度，要多補一補，他在盛情難卻之下真的多吃了一碗。

第二天回台北之前，他又撒了一遍藥粉。結果人才到台北，腦袋便暈糊糊地。小說家心想，許是前一晚吃多了豬睪丸補過頭了，不好意思去看醫生，所幸頭暈了幾個鐘頭，睡一覺醒來也就好多了。

卻沒想到，第二個週末回到台北以後，又出現相同症狀。這回他可沒吃豬睪丸，大可以理直氣壯求醫了。醫師量過脈搏、看了瞳孔和咽喉，又用聽診器聽了心跳，卻找不出毛病在哪兒，便安慰他說，北宜公路開車要經過那麼多驚險彎道，一定是累了，多休息吧！

等到第三個週末，小說家撒完藥粉，準備洗個手開車回台北之際，突然靈光一閃，直盯著那盒藥粉看。心想這兩次回台北就頭痛，莫非是藥物中毒？他從書桌上找來老花眼鏡戴上瞧個仔細。

天啊！盒子上明白寫著此劑含劇毒，不可直接與肌膚接觸。他竟然照著農藥店老闆的示範，直接用幾根手指頭去撒佈藥粉，怎能不頭昏腦脹？還差點錯怪了豬睪丸。

還有一回，一根魚刺鯁在小說家的喉嚨，嚥不下去也咳不出來。幾個民間友人紛紛獻策，小說家廣納雅言，人家說喝醋有用，他就大口大口的喝醋；有人送他整本的符咒圖繪，還依樣畫了一張化骨符，燒成灰燼化在開水裡讓他喝下肚裡；糯米飯糰、麻糬不知道囫圇吞了幾個，燙韭菜也接連吃掉好幾把。結果，還是沒能把那刺化了或夾帶下肚。

那魚刺硬是鯁在喉嚨不上不下，小說家終於豎起白旗，向耳鼻喉科醫師求助，費了好大工夫才把它用鉗子夾出來。醫師拿下眼鏡，用著已經擠成鬥雞眼的兩粒眼珠子，瞪著小說家說：「黃先生，民間那些方法是早年醫療不發達，無處求醫而不得不採行的辦法，你是個現代人，讀書寫書的知識份子，怎麼會讓這根刺留在喉嚨裡發炎蓄膿？」

小說家的鮮事還真不少。

話說某個黃昏，小說家推開書本和稿紙，到附近田野去散散心，結果撿回來一條比原子筆短小的赤尾青竹絲，還把牠養在一個透明的塑膠盒子裡，欣賞牠探頭探腦的姿態。

小說家當然知道這條三角頭、紅眼睛的赤尾青竹絲是毒蛇，和另一種無毒溫馴的青蛇不同，卻仍不免想到雷峰塔，想到法海和尚，想到白蛇傳裡的小青，便把牠寵物般留在身邊。小說家要出門，就將塑膠盒放進冰箱，讓牠乖乖冬眠。回來想看牠的時候，再從冰箱取出盒子，對著牠呵幾口氣，喚牠起床。

小說家還養過蜥蜴，養過烏龜，幫牠們取名字，讓牠們成為他四格漫畫裡的主角。

宜蘭市鬧區有座廟，基地要改建住商大樓，廟必須搬到樓頂重建。拆下來的磚頭和木料棄置一旁。斜對面一家咖啡店老闆撿回來幾塊老紅磚，小說家跟著去看熱鬧，發現已經躺在地面上的四個彩繪門神瞪著大眼向他求助。

那厚厚的原木門扇，頗具重量，小說家和咖啡店老闆一前一後扛著，一次只能扛回一扇，等他們扛完第三扇廟門，走第四趟時已找不到最後那扇門神。小說家告訴咖啡店老闆說，那個門神可能不耐久等，自己東跑西闖肯定走失了，看來這四兄弟再也無法團圓了！

這許多年，三個門神老兄充當保全，幫著小說家看前門，我一個人留守後門。不過要幫小說家看門，還不容易哩！到過小說家住處的客人，可說五花十色。在我的記憶裡，有當縣太爺的，有背著相機的記者，有畫畫的，有演電影的漂亮明星，有拍電影的導演，還包括了幾個說起話來咿咿哦哦的外國人。其中，當然以寫文章的最多，也許是所謂的臭味相投吧！

我不是個偷窺狂，能看到聽到這麼多，要怪就怪小說家把寫作的書房設在二樓後方的窗邊，不管是他還是我，誰先睜開眼誰就會先看到對方在做些什麼。我手舞足蹈胡言亂語地唱歌，他只能忍受；他穿著背心，揮汗如雨地向一群來訪的學生表演歌仔戲的唱腔身段，我也照單全收。誰教我們是老鄰居。

說到這兒，你一定很想知道人稱大師的小說家怎麼寫他的小說、劇本和童話吧！

如果，你以為小說家只要攤開稿紙就像打開水龍頭那樣，嘩嘩啦啦流個不停，那麼想你可就錯了！你若仔細看過小說家那一頭捲髮，心裡便應該有個底，那捲髮大半固然是父母生成的，可小說家在日夜辛苦構思當兒，那十根手指頭也有不少功勞。早些年，甚至還有幾支菸斗熏得我頭昏眼花，好在那幾年他經常到附近水溝邊採來大把的野薑花供著，總算讓空氣清淨許多。

如果，你以為小說家是天生下來就那麼有學問，腦子一打轉就可以寫出讓人看了又愛又恨又笑又哭的小說，那麼想你可就錯了！我經常看到他戴上老花眼鏡，捧著書本坐下來，蹺起二郎腿跟那個什麼契訶夫、莫泊桑、芥川龍之介、沈從文……，這些已經變成老神仙、化成精靈躲在書中的人，眉來眼去的，嘟囔個不停。

小說家真是寬容大度的人。二十年前，他看到我被廚房的磚牆緊緊框住，每天只能哈著腰、歪著脖子從二樓跟他打招呼，他立即找來工人掀掉廚房屋頂，打掉磚牆。

鄰居看到，說早砍了便不會有這些麻煩！小說家趕緊聲明：「哦，我不是要砍樹，是要拆牆，把廚房移到屋裡，好讓老樟樹自由伸展手腳。樹跟人一樣，站久了也要伸伸懶腰。」

最近幾年，小說家忙著教小朋友演戲，四處去演講，還找了朋友編一本文學雙月刊，天天忙得團團轉。我們見面的機會少了許多，害得我只能每天天一黑就闔上眼睛睡大覺，早上又賴床。更可恨的是，從來沒有人教樟樹怎麼減肥瘦身，弄得我稍稍扭動一下身子，手腳就會探進左鄰右舍的院子裡。

小說家覺得對鄰居不好意思，見人就賠不是。最後肯定是找不出兩全其美的解決之道，便明白地告訴我說，這回只能設法幫我搬家了！他就是這麼一個有話直說的人，講話很少拐彎抹角。

其實，我從小即怨嘆老天爺為什麼要我成為一棵樹。人家蹲在門口看門的狗兒，三不五時還能跟著主人外出遛達，我卻要一輩子住在同一個角落。哪一天礙了人家，很可能被碎屍萬段。在沒有和小說家成為鄰居之前，我天天都會踮著腳尖，望著遠處公路上的來往人車，真羨慕那些車那些人能夠自由自在地到處遊逛。

沒想到，一輩子不敢奢想的事兒竟然臨頭，真令我又驚又喜！當然也不免有些忐忑。

曾經有內行人說過，小說嘛就是瞎掰瞎扯的故事。小說家說的事兒，往往和他寫的小說一樣，不一定能當真，但這回影響到其他鄰居，就不得不認真。隔不久，經由一個退休的記者朋友牽線，果然來了一位高中校長，說要把我搬到他的校園裡。

這位校長比我想像中年輕許多，畢竟是讀過很多書的人，所謂知書達禮那種人。他帶著學校職員和園藝商人勘察時，扛來一張摺疊桌子，擺上酒菜，燃上炷香，讓我和土地公話別，真是貼心。

我想那個園藝店老闆，小時候可能不是個好學生，他看到校長親自出馬，便把我當成早年的中學生，竟然用電鋸把我一頭長髮剃得精光。等我到了新居的校園裡，可真糗大了，全校一千多名男生女生哪有什麼髮禁？前後左右，單我一個還停留在戒嚴時期。每個人經過我身邊，都會瞪著大眼睛朝我看，好像我是個怪物那樣。

在這個嚴寒的冬天，如果要推舉誰是全台灣最急切盼望春天來臨的，我絕對是第一名。

說實在，我還滿喜歡這個新家。寬闊的草坪，進進出出都是充滿著青春活力的年輕學生，單看著他們，自己的眼睛都會跟著閃爍亮光。附近還有一口噴水池，當它高興的時候，常自以為妖嬌嫵媚的擺頭弄姿一番。

當然，我很想念和小說家當鄰居的那段歲月，如果你們看到小說家發表什麼作品時，不知道是不是可以偷偷寄一份給我。我的新居地址是——260宜蘭市復興路三段八號宜蘭高中大門口。收件者姓名，麻煩你寫上「樟樹爺爺」就行了。

等過一個春天和夏天，我長出新的枝葉，撐起翠綠的遮陽傘，你便可以來樹下坐坐，說不定我還能夠想起小說家其他有趣的事兒。

小說家的小故事

大師級線民

黃春明在宜蘭認識很多民間友人，包括種田做園的、開雜貨店開餐廳的、養魚的、獵鳥的、畫符咒的……等等。

因此，天頂飛的，地上走的，水裡游的，都難逃過他的法眼。我跑新聞那些年，從他那兒獲得不少線索。同業羨慕我，有個「大師級的線民」。

二十幾年前的某個寒冬，冬山鄉山腳下有人抓到幾隻花鳧，這種候鳥的身影連賞鳥專家都難得一見，他聽說了便連夜用車載我去拍照。隔年冬天，又有花鳧跑到他住居附近的龍潭湖逗留，也是他邀我一起到湖邊小木屋埋伏、拍照。

還有一次，他瞧見烏鶖在台九省道兩條並排的電纜上築巢育雛，像耍高空特技。也讓我寫了一則趣味性的獨家。

也算電腦族

黃大魚兒童劇團在宜蘭市區有間工作室，裡面幾台電腦分別供劇團管理，以及《九彎十八拐文學雙月刊》編輯使用。

整個工作室人員，堅持停留在搖筆桿的手工藝時代，只有黃春明一個人。無論寫信，寫文章，寫劇本，他始終握著蘸水筆，蘸著黑色派克墨水，在稿紙留下那龍飛鳳舞的字句，筆尖不時傳出沙沙沙的聲響。

某天傍晚，我到工作室向他討教一些事兒，映進眼底的景象卻令我訝異。我看到他非常專注地面對著電腦螢幕，一手摸著電腦鍵盤，一手按著滑鼠，架勢十足。

我說，台灣的電腦寫稿族又添生力軍囉！

他尷尬地笑著：「我只會玩撲克牌啦！」表情就像有人問起他的長篇小說何時出爐那樣。

宜蘭的明星夢

六年前，《九彎十八拐文學雙月刊》在宜蘭演藝廳咖啡屋舉辦創刊茶會。黃春明認為這個咖啡屋空間不大，但貼著省道又位於公園內，地點不錯。

我說，可惜承包商經營不下去了。他立刻表示，《九彎》應該把它承接下來當藝文沙龍，像台北的明星咖啡館那樣，讓作家有個思考寫作場所，每個星期天還可以請作家為小朋友說故事。

黃春明有不少小說是在台北明星咖啡館寫出來的，他有這種想法肯定造福同好。為了幫他圓夢，我先找到精於咖啡烹調的朋友答應當義工，再去找縣政府文化局設法成全。當時的陳登欽局長不但同意免費出借場地，還答應補助二十萬元添購設備，可惜宜蘭的明星夢還是未能實現。

工作室的人私底下告訴我，大師的夢太多，孵都孵不完哩！

有寫未？要寫啦！

大家都知道黃春明講故事一把罩，卻很少人注意到他也是一名好聽眾。當他聽別人說故事時，比任何人都專注。

大概有六年的時間，我每星期會有個晚上與小說家在工作室見面。他習慣的問候語是「這禮拜有寫未？」

不管我談的是醞釀中的故事，或正在寫的小說情節，他都像個愛聽故事的孩童，全神貫注地聽著。最後不管有沒有提出他的看法，都會對著我說：「要寫，要寫下來啦！」

我曾經從事新聞採訪多年，養成「眼看四面，耳聽八方」的習慣，明明與某個人對話，或聆聽對方述說，卻會把注意力分散到周遭動靜，往往因此漏失了對方講述的精髓。這應該是個不好的職業病症狀，卻不容易改得掉。

當我發現小說家每次都露出那種專注聆聽的神情後，算是幫自己上了一課。

黃春明講故事一把罩，聽別人說故事也比任何人都專注

一直在尋找的地方

我是鮭魚／骨灰罈子裡的父親，他也是鮭魚／我們一道遊向宜蘭老家歸去……
車子來個大轉彎而翻到萊萊／她總是對回宜蘭的孩子把龜山島變出來／太平洋鋪了
一層可踩過去的金屬／今夜的龜山島比白晝更近／老爸，我們回來了／龜山島就在
那裡……

這是小說家黃春明所寫的詩〈帶父親回家〉的某些段落，他把自己和出生地的血緣關係，再做一次親密的宣言和詮釋。

小說家年輕的時候離開宜蘭家鄉到台北謀生，一面工作一面拚命寫小說，寫了十幾年之後拿到一筆獎金，再回到宜蘭龍潭湖邊買了一間公寓作為工作室，但也只能不定期地來往於北宜之間，住家還是在台北。

在北部濱海公路、北宜高速公路還沒有開闢之前，從外地來宜蘭必須行駛九彎十八拐的北

宜山路，或是搭乘兩三個小時火車，耗時費事，卻照樣有不少小說迷及文學研究者為了研究黃春明的小說，不辭辛苦的絡繹於途，就是希望能夠深入小說家在作品裡所營造的文學氛圍，和小說人物遊逛作息的文學場景。

結果是，穿梭在羅東公園、浮崙仔及其周邊的街坊巷弄，誰都見不著打鑼的憨欽仔，找不到他棲身的防空洞；當然也沒人遇上全家長癬的江阿發，愛唱歌的老佃農阿來，身前身後掛著廣告板的坤樹，以及甘庚伯和他那個經常瘋得不穿衣褲的獨子阿興。

人們順著黃春明小時候常去撿拾龍眼核的古廟，甚至朝東伸入一條古老的街巷，直到那個曾經被稱做「天地盤」而供台車調轉方向的路口，卻也只能瞧見一處人車密集的交通要道。所謂的天地盤，仍然像是小說家在〈鑼〉那篇小說裡一再鋪排的棋局。

走過歪仔歪附近，稻田裡已經找不到水車磨坊，偶爾還能夠看到一兩個稻草人，他們穿得花稍，頭上戴著流行的鴨舌帽，或是通過品質安全認證的機車安全帽，肯定不是當年青番公捆紮的稻草人兄弟。

我想青番公絕對想不到，好多的稻田已被蓋成一棟棟樓房，失去家園的麻雀，族群銳減，何況每隔個一年半載總有大小選舉候選人的宣傳旗幟趕來卡位，青番公的稻草人兄弟縱使不退休，也幾無立錐之地了。

小說家打橄欖球的鎮立體育場，變成辦公大樓及商業大樓群聚的地盤；原本瀰漫在空氣裡，穿梭在人們鼻孔間，長達半個世紀以上的檜木香味，消失殆盡。縱橫交錯的街巷，來來往往總是忙碌著的人群，幾乎和台灣其他鄉鎮沒什麼差異，恐怕連小說家都不容易分辨。

通常一個人遷離家鄉，在外地成名之後會想要衣錦榮歸，心裡想的不外是讓家鄉的親朋戚友分享榮耀；縱使未能功成名就，浪跡天涯的孤單，往往也會因為父母在，親戚和鄰居在，而倦鳥知返。

但對小說家黃春明而言，歲月已經把他小時候成長的街坊巷弄，和最初幾年的工作環境徹底變造，整個家族也沒有什麼親人留在宜蘭，除了身分證上的出生地宜蘭，能夠留在身上成為胎記外，連兒子都和他有著不同的故鄉。

為什麼小說家仍然把自己和骨灰罈子裡的父親，比喻成洄游魚類的鮭魚？望見龜山島時，還不忘提醒老人家，「老爸，我們回來了，龜山島就在那裡！」究竟是為什麼？

小說家認為，人對土地的感情，往往比人對人的感情深厚。人類彼此間有感情，並不一定肯為對方犧牲；但古今中外卻不乏為土地而打仗的事例，這也是心理學家榮格所說的，人對出生地的認同是不必經由學習就能產生。特別是過去農業社會少遷移，大多數人的一輩子都植根於出生時的那塊土地，永遠都忘不了自己曾在那兒笑過，哭過。

一個離開家鄉的人，經過一段歲月之後，也許所住過的房舍、走過的街道、熟識的鄰居，都已不存在，但那個根仍然留在他心裡，留在他的精神領域。甚至到最後什麼都失去的時候，也會像唐詩描述的「少小離家老大回，鄉音無改鬢毛衰；兒童相見不相識，笑問客從何處來。」縱使剩下一口鄉音，都足夠令時光倒帶。

對於宜蘭家鄉，小說家和許多旅居外地的宜蘭人一樣，總是把龜山島當作是一處鮮明的地標，不但在〈帶父親回家〉的詩裡如此，早在一九九一年前後，小說家便曾拿起油畫筆，畫了好幾幅遠眺龜山島的畫作，還在其中一幅題上新詩——

龜山島／每當蘭陽的孩子搭火車出外／當他從車窗望著你時／總是分不清空氣中的哀愁／到底是你的，或是／他的
龜山島／蘭陽的孩子在外鄉的日子／多夢是他失眠的原因／他夢見濁水溪／他夢見颱風波蜜拉、貝絲／他夢見你，龜山島／外鄉的醫生教他數羊／一隻羊、兩隻羊、三隻羊／四隻濁水溪／五隻颱風／六隻龜山島
龜山島／每當蘭陽的孩子搭火車回來／當他從車窗望著你時／總是分不清空氣中的喜悅／到底是你的，或是／他的

小說家寫下這首詩後，不但公開用宜蘭腔的閩南語朗誦，還特地說明，以前宜蘭人到外地

謀生是不得已的，當他們坐著火車離開家鄉時，龜山島就出現在右手邊送別。因此他在詩裡說，望著龜山島總是分不清是誰的哀愁。而能夠從外地回到宜蘭家鄉的人，只要等火車穿過一座長長的隧道，龜山島立即從左手邊的窗外撞進每個人的眼瞳，儘管離家還有一段距離，卻讓人由心底感受到已經回到家的那種喜悅。

也許是禁不住鄉愁揪心，小說家從二十幾年前開始奔馳於北宜道上。在宜蘭家鄉協助本土語言復健，投入社區營造工作，指導復興國中成立少年劇團，成立黃大魚兒童劇團，擔任蘭陽戲劇團藝術總監，創辦九彎十八拐文學雙月刊，無非希望家鄉的文化藝術工作能夠薪火相傳，源遠流長。

藝文界朋友總是嘮叨他，應該把更多的時間留下來繼續寫小說。小說家卻說，這些年在家鄉所投入的工作，價值不會比小說小。如果持續論辯，他便會告訴對方，小說當然要寫，但不是呆呆地面對稿紙發想，更多的社會參與反而能夠使作品越來越深刻。

小說家表示：「我對文化藝術的想法，如果很好的話，也只能是一個人的力量，很難改變原有的整個結構。可儘管不能發揮多少力量，我也得試著去做，不去做而繼續活下去，人生便沒什麼意義。如今我做了，雖然改變不了多少現實，至少我不欺騙自己。要是因此還有一個人、兩個人靠攏來一起努力，或多或少總會有一些影響吧！」

北宜高速公路通車後，把宜蘭和台北大都會的距離拉近，越來越多的觀光客湧進來，連孤懸在太平洋裡的龜山島都不能倖免，使宜蘭整體的生態不斷地遭到破壞。

小說家繃緊神經說，某些人熱中的全球化，其實就是美國化，無節制地浪費地球資源，違反大自然共生的法則！大家都想學台北、學東京、學紐約，卻忘掉無限擴張的結果，已經導致那些更大更熱鬧的都市走到不歸路，最後絕對會死翹翹。

一九七四年二月，小說家在《鑼》那本小說集的序裡，就曾這麼形容自己出生的小鎮——這裡是一個什麼都不欠缺的完整世界，我發現，這就是我一直在尋找的地方。他甚至說，這裡也有一個可以舒適仰臥看天的墓地。

我想，這片山海環伺的家鄉，對一個小說家而言，是怎麼寫也寫不盡的。用小說寫不完的，他便用說書人的方式來敘述，說書人說不完的卷冊，只好寫成更精彩的詩篇來朗誦。仍有不足的，他就教很多人用戲來演！

愛，何來理由

如果，愛要有理由，小說家、詩人筆下就沒什麼可瞎掰的，人們也讀不到那些令人如痴如醉的故事和詩篇了。

愛宜蘭，非得要我說出個理由，應該只有一個：我是宜蘭人。

我出生宜蘭鄉下，大半歲月在這兒度過，大部分的親友住在這裡。不管是竹叢間躲美國飛機的嬰兒，對著古井好奇又害怕的幼童，到廟裡上學的少年，把小說擱在腳踏車龍頭上邊騎邊看的青年，出外奔波的職場人，四處閒逛的老頭兒。路上被人遇見，最常聽到的一句話是，你是住過壯圍鄉公所附近的吳某某嗎？某某人的兒子呀！

「對對！我們同村，後來我搬到市區了。」

我小時候住的村莊，二、三十戶人家不但彼此熟悉，連鄰近村莊的人也認得。如果不是班上同學的舅舅，也會是鄰居奶媽的兒子，要不然就是過溪那個木匠的孫子。

甚至連飼養的禽畜都不例外。聽到有人喊著：「阿火嬸，你家那群閹雞，跑到阿土伯菜園裡挖寶囉！」可絕對錯不了。

村長的雜貨店結束營業時，我要到一本五〇年代的老帳簿，裡面卻找不到小時候常幫家裡賒糖、賒鹽巴、賒米酒、賒茶葉的條目。反而有幾條帳記在弟弟名下，那時弟弟三歲，話都講不清楚，如何賒帳？村長太太說：「你們幾個兄弟只有他的名字筆劃最簡單呀！」

我還發現，衛生所醫生每隔三天便賒兩包香菸，卻始終找不到還錢消帳的記錄。村長太太笑著說：「家裡六、七個孩子，今天老大跌破頭，明天老二發燒，後天老三被貓抓傷，排隊輪番上陣，醫生賒的菸錢還不夠抵看病費用哩！」

高中畢業後遠到屏東接受傘兵訓練，難得星期假日雨過天晴，幾個朋友穿戴整齊朝市區閒逛。一輛貨車突然貼著身旁駛過，濺了大家渾身泥水，氣得把老士官長嘴裡的整套粗話全爆了出來。

當我看到那車斗後方竟然漆著「宜蘭縣」三個大字，即高喊：「大家閉嘴！」把幾個人弄傻在路邊。

有人納悶：「你認識那司機？」

「不認識，」我只能振振有詞地告訴他們：「可那是宜蘭來的車子！」

還有一回，台北報社來兩個同事，我帶她們到員山欣賞山野景致。途中發現路邊果園有棵金棗樹結實纍纍，煞是好看，便佇足欣賞。一個說，她這輩子第一次見到這麼喜氣洋洋的樹，只有金玉滿堂能夠形容；另一個說，如果院子裡有這麼漂亮的樹，肯定得雇保全才行。

說著說著，果園深處閃出園主身影，他不疾不徐地撂下一句：「外地來的吧！喜歡就整棵挖走呀！」

同事瞪大眼睛說：「你們宜蘭人怎麼這般古意。」

這樣的地方，這樣的人，這樣的事兒，有誰能不愛？

九歌文庫 1120

我的平原

作者&攝影	吳敏顯
責任編輯	施舜文
校對	吳心宇、陳佩伶
發行人	蔡文甫
出版發行	九歌出版社有限公司 台北市105八德路3段12巷57弄40號 電話／02-25776564・傳真／02-25789205 郵政劃撥／0112295-1
九歌文學網	www.chiuko.com.tw
印刷	晨捷印製股份有限公司
法律顧問	龍躍天律師・蕭雄淋律師・董安丹律師
初版	2012（民國101）年11月
初版2印	2015（民國104）年1月
定價	280元

書號	F1120
ISBN	978-957-444-853-1

國家圖書館出版品預行編目資料

我的平原 / 吳敏顯著. -- 初版. --
臺北市：九歌, 民101.11

面； 公分. -- (九歌文庫；1120)

ISBN 978-957-444-853-1(平裝)

855 101020215